基德船长的猫

Captain Kidd′s Cat

［美］罗伯特·罗素◎著 李 娟◎译

中国妇女出版社

图书在版编目（CIP）数据

基德船长的猫 /（美）罗伯特·罗素（Robert Lawson）著；李娟译. --北京：中国妇女出版社，2016.7

ISBN 978-7-5127-1296-6

Ⅰ.①基… Ⅱ.①罗… ②李… Ⅲ.①儿童文学—中篇小说—美国—现代 Ⅳ.①I712.84

中国版本图书馆CIP数据核字（2016）第116977号

基德船长的猫

作　　者：〔美〕罗伯特·罗素　著　李娟　译
责任编辑：王琳
插图上色：金葆工作室
封面设计：尚世视觉
责任印制：王卫东
出版发行：中国妇女出版社
地　　址：北京东城区史家胡同甲24号　　邮政编码：100010
电　　话：（010）65133160（发行部）　　65133161（邮购）
网　　址：www.womenbooks.com.cn
经　　销：各地新华书店
印　　刷：北京中科印刷有限公司
开　　本：185×260　1/16
印　　张：9
字　　数：150千字
版　　次：2016年7月第1版
印　　次：2016年7月第1次
书　　号：ISBN 978-7-5127-1296-6
定　　价：29.00元

序

葛翠琳
著名儿童文学作家
冰心奖评委会副主席兼秘书长

你知道罗伯特·罗素吗？他可是现代儿童文学史上著名的作家，曾荣获“纽伯瑞儿童文学奖”“凯迪克奖”两项国际大奖。

这里简略介绍他的作品：

罗伯特·罗素作品集是浪漫主义色彩浓厚而又充满人文情怀的优秀读物。罗伯特总是从独特的视角，将人与动物之间的故事，阐述得妙趣横生、十分精彩，令读者久久难以忘怀。

例如，哥伦布发现新大陆已是世人皆知的故事，但罗伯特在《我发现哥伦布了》一书中，却把著名航海家哥伦布描写成“晕船上将”，趣事连连，并借鹦鹉的口尽情嘲笑讥讽殖民者。在《利维尔和我》中，笑称英国皇家士兵是“红虾兵”。在《基德船长的猫》中，老猫麦克见证了威廉·基德沦为英国皇室与议会政治斗争牺牲品的全过程，全书充满了怜惜之情。

罗伯特善于在作品中颂扬劳动人民的优秀品质，如勤劳、善良、勇敢、纯朴等，每一个细节都给人留下了深刻的印象。在《兔子坡》中，新人家辛勤地劳作，克服种种困难，在丰足的收获过程中让自己和小动物们都感受到快乐和温馨。在《艰难的冬季》一书里，小兔乔奇不仅照料生病的父亲，还尽力帮助好友渡过了难关。

《尾巴的故事》则告诉孩子们不要自卑，世上万物皆有各自的特点和长处，适合自己的就是最好的，不必盲目地追求像别人一样。在《本和我》中，又特别强调了脚踏实地、坚持自我的重要性。这些富有哲理的启示，让读者深受感动。

罗伯特运用幽默、生动的语言塑造性格鲜明的人物，寓意深刻，构思奇特，作品不仅歌颂了人类的美好品德，也讽刺了贪婪自私的丑恶行径。

罗伯特的作品必将吸引、感动广大的中国读者，并成为孩子们成长路上的伙伴。

还有，这套精美的书会让大家在阅读过程中，不仅能享受文字的精彩，还会欣赏到美妙生动的画面和形象，使你仿佛身临其境，一起经历书中的一切。而这些感人传神的插图，也是作者本人完成的，令人忍不住惊叹！

从某种意义上说，认真阅读罗伯特·罗素作品的人，真是幸运儿呢！

关于作者

1892年10月4日，罗伯特·罗素在纽约出生，于新泽西的蒙特克莱尔度过童年。罗素从高中起，便对艺术产生了浓厚的兴趣，并决定高中毕业后去纽约美术与应用艺术学院，即现在的帕森斯设计学院学习插画。

毕业后，罗素作为商业艺术家工作了很多年。1914年，罗素的插画作品发表在《哈珀周刊》上。这是他的作品第一次公开发表，为他以后多产和卓越的艺术生涯奠定了基础。1931年，美国蚀刻师协会将泰勒·阿姆斯奖颁给了他，以表彰他在蚀刻方面做出的卓越贡献。

第一次世界大战服役结束后，罗素开始为儿童图书绘制插图，其中包括罗曼·里夫的古典文学作品《费迪南德的故事》，理查德和佛洛伦斯·艾特瓦特的《波普先生的企鹅》。后来，罗素不再满足于为他人的图书绘制插图，开始了自己的文学创作。罗素想象力丰富，提出通过一只动物小伙伴的视角，讲述本杰明·富兰克林发明编年史的创意。1939年，他用这个创意写出了人生第一部作品《本和我》，并绘制了插图。

1941年，罗素被授予了儿童绘本图书的最高奖项——凯迪克奖，获奖作品是《他们坚强而善良》。该书用简单的话语和生动的插图，向读者描绘了一个美国家庭在历史的变迁中所经历的故事。同年，他还出版了以鹦鹉为主人公，讲述航海家哥伦布发现新大陆过程的《我发现哥伦布了》一书，同样获得了好评。

1945年，罗素获得了纽伯瑞儿童文学奖，获奖作品是《兔子坡》。这个奖项主要表彰对儿童文学做出卓越贡献的人。《兔子坡》的灵感来自罗素家乡一个名叫“兔子坡”的地方，描绘了一个人与动物和谐相处的美好故事。获奖之后，罗素还将自己位于康涅狄格州的家命名为“兔子坡”。

罗素是第一个也是至今唯一一个既被授予“凯迪克奖”又获得过“纽伯瑞儿童文学奖”的人。因为在他的作品中，他既是作家又是插画家，他所有图书都带有自己绘制的插图。

在这之后，罗素又陆续创作出《尾巴的故事》《麦克维尼先生的旅行》《利维尔和我》《艰难的冬季》《基德船长的猫》。1957年，罗伯特·罗素在美国康涅狄格州韦斯特波特的家中辞世，享年66岁。他留下来的文学瑰宝不断地激励着教育工作者、作家和艺术家，并使不同年龄段的孩子为之着迷。《纽约时报》曾对罗素评价道：“罗伯特·罗素给所有年龄段的孩子，创造了一个充满新鲜、活力和奇思妙想的世界。”

关于纽伯瑞儿童文学奖

为纪念儿童文学创始人约翰·纽伯瑞，1921年，美国出版人弗雷德里克·梅尔彻向美国图书馆协会提出设立一个奖励儿童图书和作者的奖项——纽伯瑞儿童文学奖。美国图书馆协会批准了梅尔彻的提议，并于1922年，由美国图书馆协会分支机构——儿童服务分会颁发了第一届纽伯瑞儿童文学奖。第一届获奖者是荷兰裔美国作家亨德里克·威廉·房龙，获奖作品是《人类的故事》。

纽伯瑞儿童文学奖是世界上第一个专为儿童图书设立的奖项，旨在鼓励儿童图书作者的创作，向读者宣传儿童文学的地位，以及为更多的儿童文学作家提供创作机会。该奖涉及的作品内容十分广泛，无论是小说、诗歌，还是其他文学体裁，都可以参与竞争纽伯瑞儿童文学奖。但它也有一些条件限制，例如作品必须是英文原创，作者必须是美国公民或居民，图书内容必须能够被14岁以下儿童理解等。

纵观历年来获得纽伯瑞儿童文学奖的作品，这些图书都具有十分高的文学造诣和教育内涵，更广被儿童接纳和喜爱。1945年，纽伯瑞儿童文学奖颁给了罗伯特·罗素的《兔子坡》，以赞扬罗素在书中宣扬的友爱精神，肯定了他所倡导的人类应与动物和谐相处这一观点。自此，《兔子坡》成为一本经久不衰的畅销童书，影响了一代又一代儿童的成长。

关于凯迪克奖

1937年，提出创立纽伯瑞儿童文学奖的美国出版人弗雷德里克·梅尔彻，又向美国图书馆协会提出设立一个表彰儿童绘本图书作家的奖项。因为儿童图书有其特殊性，除了生动有趣的文字外，有很多图书还采用了大量的图画，甚至以图画为主来表述一个故事，所以应该给这些优秀的儿童绘本作者设立一个专门的奖项。美国图书馆协会同意了这个提议，并为纪念19世纪英国伟大的绘本插画家伦道夫·凯迪克，将这个奖项命名为“凯迪克”。

凯迪克奖是美国最具权威性的绘本奖，它看重作品的艺术价值和独特创意。每年，美国图书馆协会邀请教育学者、专业人士和图书馆员，组成评审委员会，从上一年度出版的数万本儿童图画书中，评出获得凯迪克奖的作品。凯迪克奖同样要求作者必须是美国公民或居民，其作品必须是原创等。当作品是由几位艺术家共同创作时，几个人共同获奖，并且艺术家不必参与故事内容的创作。

凯迪克奖肯定了儿童绘本的艺术价值，是家长与图书馆为儿童选书的最佳指南。历年的获奖作品都有着独特创意和艺术层次，能够给儿童带来不一样的艺术感受，激发了儿童的想象力。1941年，凯迪克奖颁给了罗伯特·罗素的《他们坚强而善良》。该书用家族相册的形式，向孩子们讲述了一个美国家庭在历史的变迁下所经历的故事。书中的图画层次鲜明，细节处理非常到位，人物形象生动有趣、贴近现实生活，为儿童理解故事内容提供了很大的帮助。

目 录

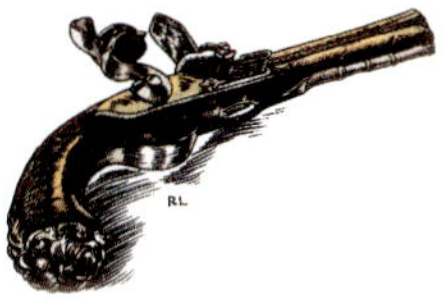

Contents

Wm KIDD Esq.
RL

前　言

麦克·德莫特口述

“基德船长是海盗！”“基德船长是强盗！”“基德船长是杀人凶手！”这些都是鼠辈们的无稽之谈。

这样的言论简直是一派胡言，比尔·基德[1]根本没有任何罪行。比起我的姨妈塔比莎，基德与海盗简直一点儿关系都没有。我的姨妈塔比莎住在沃平，她做过所谓海盗的勾当，现在依然没有悔改。她十分小气，这样的人不会有好报，也不会善终。

见到有钱人，我就能认出他们，我也能分辨出他们的好坏。在基德船长身边的富人里，我认识伯吉斯和大嘴巴艾弗里、斯泰德·邦尼特少校、爱尔兰德、梅斯、韦克、米松、巴特·罗伯茨以及库利福德等人。与这些人相比，基德船长就如同圣人。与艾弗里的丑恶勾当相比，基德的所作所为只是九牛一毛。

可怜的基德！他只是一名安静的纽约商人，高尚的言行令人尊重，但是他却被无情地绞死在行刑码头。一些不知内情的民谣小贩不停地传唱着基德的故事，把他描述成无恶不作的罪人，即使是年幼的孩子也把他当成瘟神，这真令人痛心疾首。但是，事情为什么会变成这样？我知道原因，我要用余生以自己的方式向你们讲述事情经过。

说起犯罪，基德从来没有这种行为。他最接近犯罪的行为，无非是用一个冲刷桶打翻了一锅大杂烩。很多船长都有过类似行为，但是没有任何其他的船长被称为海盗，也没有人因此而受到绞刑。

比尔做的唯一一件错事就是信任他的朋友，无论地位高低、财富多寡，比尔通通信任他们。我也是他信任的朋友之一，我了解他的性格。但是，我可以骄傲地说，我从来没有背叛基德，从来没有忘恩负义之举。我只是在和他玩耍时，轻轻咬过他。我不像他那些忘恩负义的朋友，害得他进了纽盖特监狱。我们是朋友，我至死都相信他。如果可以，我愿意陪他一起上绞架。

还有一件事情，我要告诉大家。有人说比尔在死后留下了一大笔遗产，这简直是无中生有。为此，巴米一直搜寻基德的金银珠宝，也挖了无数个大坑。如果把这些坑连在一起，足以将“加里冒险”号、“奎达商人”号和“圣安东尼奥”号船体埋起来。即使费了这么大力气，他还是没找到一丁点儿宝藏。

巴米为什么一无所获？因为当时“令人尊重的”商人们、设计骗局的律师们和趾高气扬的海军大臣们进行了龌龊的交易，他们害惨了基德。基德连自己周转的资金都没有，怎么会埋下宝藏？

我料到这些事情了。难道不是我把左耳上的红宝石戒指摘下来卖掉，然后在他上绞架前给他买了一件干净体面的衬衫吗？

是的，是我。下面，我要给大家讲述整个故事的来龙去脉。

换了新主人

伯吉斯船长上岸了，来到“船长休息室”。他走进来的那一刻，我预感到了不祥。我最担心的麻烦即将到来。到目前为止，我已经见过了各种各样的麻烦。对于任何猫来说，在局势动荡的红海贸易区的海盗船上待了五年，必定能见识各种各样的麻烦。正因为如此，我的船长汤姆·图停止海上漂泊，在陆地上定居后，我高兴得手舞足蹈。

纳拉干海湾离纽波特[2]只有几米远，是汤姆选定的栖息地，也是我们定居的最好地方。比起热气蒸人的沼泽、密林丛生的圣玛丽港和马达加斯加的海岸，这里的确是人间天堂。

在这里，图船长为自己建了一座舒适的小房子，取名为“船长休息室”。屋子里是昂贵的柚木和红木家具，还有挂毯、亚麻布、银器皿、摩尔人的红铜制品以及柔软的土耳其地毯。所有这些都是我们从加勒比海、波斯湾和红海带回来的战利品。他还从马达加斯加带回来一对奴隶夫妇，并在普罗维登斯[3]和纽波特拥有大量财产。汤姆可以像任何贵族一样，过着舒适无忧的生活。如果不是伯吉斯船长从伦敦带来一条热点新闻，我们会一直这样舒适地生活下去。

图和伯吉斯坐在图最爱的梨树下，喝着朗姆酒，激动地谈论着与大炮、战火有关的事情。在这个过程中，图几乎一直在听伯吉斯高谈阔论。

伯吉斯咆哮着捶打着桌子说："图，如果这样，就会毁了我们的手足情谊。所有的错都是国王一个人的错。这个肥头大耳、爱管闲事的国王为什么要插手我们的事情？正如所有人希望的那样，红海贸易十分顺利又让人觉得愉悦，现在他却要毁了这一切。他曾经说过：'我要给海盗们一点儿厉害看看，我要把他们赶出这片海。我给那些有钱的绅士准备好了绞刑架。'"[4]图点着烟斗说："看形势，我们要改变方向，软磨硬泡地去讨好政客们。"

伯吉斯喊道："你说根据形势行动？这没有用，我们得有更多措施，汤姆。国王已经准备解雇纽约州的州长弗莱彻，并任命狄克·库特·贝雷蒙特爵士为新州长。他是一个拘谨的爱尔兰人，天天唱着圣歌，行为举止十分保守。所有的海盗都会恨他。"

图船长说："那将是一种暴行。弗莱彻州长是我的好朋友，也是我们所有绅士的好朋友。我和他一起吃过很多次饭，喝过很多次酒，我在他的花园里休息了很多次，也有很多次和他一起坐马车出行。弗莱彻是一个坦诚的人，只拿走属于自己的那百分之十的战利品，他从来都不贪多。我觉得没有哪个州长能比得上他，纽约的商人也一致认可他。如果这个爱尔兰人成为纽约州州长，禁止红海贸易的话，所有商人的利益都会受到威胁。我不清楚会发生什么事情，但是有一点很明确，那就是辛苦工作的海盗们，不会本本分分地赚钱。"

伯吉斯愤怒地说："远不止这些，事情不会到此结束。"他装满烟斗，又倒了一杯果汁酒并一饮而尽。他接着说："我们可敬的国王一定是炸瞎了眼睛，才采取这样的措施。为了远征海盗，他已经准备了一艘新船，名叫'加里冒险'号。据说，这艘船上有三十四门大炮。贝雷蒙特和一些得意扬扬的高官已经加入到这个行列中，他们要瓜分我们的利益。道奇·威廉也加入其中。我们辛辛苦苦获得的财产，成了国王和王公贵族们的盘中餐。这真是卑鄙至极。”

整个下午，他们一直这样义愤填膺地交谈着。听了一会儿，我就听够了，于是到厨房里跟可可要吃的。可可和莫克就是来自马达加斯加的奴隶夫妇。图和鲍德里奇掷骰子时赢了，于是就把可可要了过来。可可是远近闻名的好厨师，因此对鲍德里奇来说是一种损失。哪怕是招待身份显赫的人，可可的咖喱饭和秋葵汤都会令人赞不绝口。他做的清蒸英格兰鳕鱼也是一道味道极佳的菜肴，任何一只猫都抵挡不住这样的诱惑，也会因此而身材走样。我就是其中的一只。

莫克是可可最钟爱的妻子。可可曾将他另外的九位妻子卖给了一位来自费城的奴隶贩子，因此有了一笔不错的收入。可可把钱藏进了一节竹子里，并开玩笑地称这些钱是“卖妻钱”。他还打算等船长不再用他时，拿着这笔钱买一个小酒店。按照可可家乡一个十分野蛮的习俗，妻子需要做所有的重体力活（对我而言，这是一个不错的传统）。莫克也不例外，她需要刨地、喂奶牛、砍柴，可可只管做饭，然后干一些轻快的打扫卫生的活。他们是一对快乐的夫妻，也是一对勤劳的夫妻，他们打理的一切都井然有序、干干净净。

我享用完美味的清蒸鳕鱼之后，伯吉斯船长仍然怨声载道、骂骂咧咧，不过不是在梨树下，而是边骂边登上了船。他的船叫“优雅玛丽”，他登上船之后就离开了码头。图船长久久地坐在梨树下，出神地看着远处平静的水面。接着，他长长地叹了一口气，叫来了可可。

他对可可说：“收拾一下衣服等东西，然后装到船上。我们去纽约做生意，你跟着我，莫克就留下来吧。”

然后，图船长把我抱了起来，放到他的肩膀上，轻轻挠我的下巴。他对我说：“老猫，我们的好日子好像到头了。不对，是我的好日子到头了。”

狄克·斯达林只有一只胳膊，是我们的老舵手。他一直住在图船长的小船上，已经把船打扫得干干净净。他还给船加满了水，补充了足够的食物。我们驶离港湾时，刚好赶上退潮。太阳已经落到了“船长休息室”的后面，习习微风吹拂着傍晚的海面。

在黄色的天空下，房屋和树木只显现出黑色的轮廓。莫克站在门前和我们挥手，我们只能看到她若隐若现的蓝色衣服轮廓。一群鸭子在海湾的芦苇荡里游来游去，一直不停地“嘎嘎”叫着，听上去有气无力。一切都是那么安静祥和，但是却带着浓浓的悲伤色彩。如果我知道自己是最后一次看到这个地方，我肯定会更加伤心。

几天之后，我们抵达纽约，穿上色彩斑斓的服装，走在纽约的街道上。船长走在最前面，穿着他最好的蓝色外套，戴着镶金边的帽子。他的弯刀和银扣子闪闪发亮，腰带上三把镶金的手枪格外引人注目。可可走在船长后面，戴着浅绿色的头巾和橙色镶边的连帽斗篷，拖着船长的箱子。独臂的狄克·斯达林走在最后，他刮了胡子，洗了澡，显得很精神。我趴在狄克的肩膀上。然而，几乎没有人注意到我们。在纽约，形形色色的海盗总会穿梭在各条街道中，纽约人已经不觉得新奇了。

当晚，我们住进了当地最好的酒店，船长给我点了热牛奶混合牙买加朗姆酒。我享用完美味佳肴之后，船长又把我扛在肩膀上。我们走出了酒店，来到了熙熙攘攘的街道上。大街上车水马龙，人来人往，十分热闹。

我们走了几个街区，来到珍珠街。在这条街上，船长时不时拿出他的金柄手杖，驱赶着挡在路中间的猪群。和伦敦城一样，这里的房子都十分漂亮。我们在这一地区最漂亮的房子前面走了一会儿。这些房子都是用砖砌起来的，房子前面有喷刷整洁的铁栅栏，前门周围还有很多闪闪发亮的铜制摆件。在银色的门环上，清晰地刻着“威廉·基德”几个大字。

但是，图船长并没有从前门进去。看上去，他对这一带很熟悉，因此径直从房子一侧的小路走了进去。沿着这条小路，我看到一个粉刷成绿色的低矮的地下室，门上的黄铜名牌上刻着“威廉·基德船长，私人住所”。图船长用手杖敲了几下门，不一会儿，门开了。下了几个台阶之后，我们就来到了基德船长的私人住处。

当然，我听过很多关于比尔·基德船长的故事：在对法战争中，他是一位激烈战斗的船长；他成功脱离了航海的漂泊生活，并成为纽约最富有的商人之一；他娶了守了两次寡的寡妇为妻。

我看到基德船长时，感觉有些迷惑，或许你可以用绞盘杆敲一下我的头，好让我保持清醒。基德船长与其他船长都不一样，他就像是大轮船船队里的小独木舟一样与众不同。他个子不高，但是个温和的人。他梳着整齐的头发，穿着淡雅干净的衣服，看起来更像是乡村牧师或者会计所的伙计，而不像是在海上漂泊的人。事实上，当看到他耳朵后面别着一根羽管笔时，我就认定他是会计所的员工。看到图船长和基德船长像船员那样拍打着彼此的后背打招呼时，我才意识到他也是一名船员。他迅速打开碗柜，拿出了一瓶马德拉白葡萄酒和两个杯子。他们两人边喝酒边聊天，我则无所事事地东张西望。

基德船长的房子并不大，比图船长的大房子小很多，却是一个温馨舒适的地方。透过几个砖砌的圆拱，我看到了一个很大的地下室。这个地下室就像船舱一样，里面摆满了桶、箱子等物品。看上去，这里应该有不少老鼠，我终于有地方可以露一手了。

图船长说："嗯，比尔，我猜你应该听到消息了吧？"

基德船长回答道："说实话，我确实听说了。无论在酒店还是在咖啡屋里，这个消息都传得沸沸扬扬。听说国王要加强立法，制止海盗贸易，这种想法真是滑稽，也确实让我们心烦。如果我们的新州长贝雷蒙特真像人们描述的那样心狠手辣的话，很多令人尊重的商人都会丢掉饭碗，面临灭顶之灾。当然，我也不能逃脱厄运。国王要对我们采取这么残酷无情的策略，我丝毫不能感受到他的好意。到时候，我们在红海的利益就会遭到瓜分，进行红海贸易的同胞们也会跟着遭殃。汤姆，你大可以算计算计自己的财产，不再从事辛苦的海上贸易，并且安排好自己的余生。"

图船长说："关键的问题是，我并没有完全退出。我记得自己曾经对着《圣经》发过誓，不再从事海盗的活动。但是，红海贸易中的同胞们都是我的兄弟，他们正处在水深火热之中。你也知道我们这个职业是什么样子。现在，我能清楚地看到那些善良勤劳、受人尊重的船员在到处游荡，他们在街角乞讨，其中一些人甚至为了吃口饭而出卖体力。他们之前都过着舒适的生活，现在贝雷蒙特州长却想毁了这一切。在新州长实施他的阴谋之前，我要再航行一次。比尔，仅此一次。我要利用这次机会，为我们的同胞争取利益。这一次，我要帮助他们明智地挣钱，让他们愚笨的脑子开窍。"

"尽管我不赞同你再次出海，汤姆，"基德船长边倒酒边说，"我也不得不承认，你拥有仁爱的心胸，这足以让你觉得骄傲。现在即便是一次短途出海，你也能赢得极大的声誉。"

"我还有一件特殊的事情要和你说，"图船长说，"这是我的猫麦克·德莫特。多年以来，他一直是我的好伙伴。大多数

时候，他总能带给我好运。但是，他老了，不适合出海，我想找个好的帮手照顾他。你也知道，这次出海的性质，我有可能再也回不来了……”

“是啊，生命就像转瞬即逝的影子，今天我们还在这里，明天就不知去向了。”基德船长说这话的时候，我觉得他更像一位牧师。

图船长说：“所以，比尔，我的老朋友，我把我的猫送给你。”

基德船长看上去很吃惊，开始支支吾吾地说话。这时，我发现其中一包货物上有一只很大的灰老鼠。于是，我放轻了脚步，慢慢跟上他。他又肥又笨，一下子就被我抓住了。

我正在啃咬大灰鼠的脊骨时，听到基德船长充满担忧与遗憾地说：“汤姆，我本人很喜欢猫，这只猫也很招人喜欢。但是，基德夫人总是有自己的想法，而且别人左右不了她的想法。我担心她不同意我收养这只猫……”

我立即把这只死老鼠拖到他脚前的地板上，然后跳到图的膝盖上“喵喵”叫了起来。他挠着我的下巴，我觉得很舒服，于是加大了叫声。

图说：“你看到了吧？他真的很有用。你的地下室里肯定有很多老鼠，他能派上用场。”

“他的确能派上用场，”基德满眼放光地说，“我有一个不错的想法。由于有大量老鼠，我们经受了不小损失。基德夫人唯一不能容忍的事情就是损失，如果我把这只猫的作用告诉她，兴许她能同意我把猫留下。”

“麦克的价值不止这些，”图继续说，“如果他像现在这样躺在腿上，他的爪子会轻轻抚摸你，给你一种按摩的感觉，这说明你的处境很不错。如果遇到危险，他会拼命地用爪子抓你的腿。这是他的天赋，他也因此救了我很多次。那些我曾经当成亲密朋友的人对我图谋不轨时，幸亏麦克提醒我。给他喝牛奶时，加上一点儿朗姆酒，时不时给他一点儿牛肉，星期五要喂他清蒸鳕鱼。其他时候，他光捉老鼠就够吃了。”

图船长挠着我的下巴，轻轻抚摸着我的后背。在基德船长反悔之前，他迅速把我放下然后离开了。

当然，我不愿意看到图离开。我和汤姆·图经历了那么多生死瞬间，我们感情深厚。不过，跟着他回到圣玛丽，并参加红海贸易，说不定我最后还是要换主人。我想，自己还是不去蹚这浑水为好。

基德夫人

图船长离开之后，基德在地下室待了一段时间。他一直盯着壁炉，一副凝神思考的样子。我则开始了捉鼠大战。我抓到第五只时，楼上传来一声“咔嚓”，就好像是桅杆在大风中折断的声音。楼上有个女人叫喊着：“威儿，好美味！威儿，好好吃！”

听到喊声，基德像被蜜蜂蜇了一样，噌的一声站起来，并回应道：“好的，亲爱的。”

楼上的女人像整装待发的船一样，立即跑下了楼。我猜，她就是基德夫人。她的个子很高，留着乌黑的头发，足足比基德高出半头。人们都说她长得很漂亮，但是我却觉得她的下巴太尖了，让人觉得不舒服。

她下来之后，就发现了蜷缩在基德椅子里的我。她指着我，用命令的语气说："威廉，那是什么？"

"一只猫，亲爱的，仅仅是一只猫，"基德焦急地说，"这是一只训练有素、能派上大用场的猫。你看，他已经捉了五只老鼠。你也知道，因为老鼠，我们已经遭受了不小的损失。"基德越说越快，他告诉他的夫人已经损失了多少英镑、多少先令、多少便士。基德声称，这都是去年因为老鼠而遭受的损失，他还保证我不会制造麻烦。说了很长时间，基德夫人似乎对损失的数字很在意。

最后，基德夫人说："你可以养一段时间。但是，我要提醒你，他不能上楼。好了，快点儿收拾一下，准备上楼享受美味的晚餐吧。我们要招待非常尊贵的客人，在这个偏僻贫穷的地方，他们就是最尊贵的客人。"

基德说："好的，亲爱的。谢谢你，亲爱的。"

基德说话的时候，基德夫人注意到了我的耳环，她接着问："基德，那个红宝石是真的吗？"

"亲爱的，那是货真价实的红宝石。他的前任主人是图船长，图船长曾经获得了大量精美的珠宝。毫无疑问，宝石是真的。"

"嗯……"基德夫人恶狠狠地看着我的耳朵，似乎在估量宝石的价值，想说话却又没说什么。

基德夫人提起宝石又让我想起了图船长，以及加入红海贸易之前在西班牙美洲殖民地的日子。我得到宝石那天，发生了一场激烈的战斗。一艘巨大的西班牙寻宝船从卡塔赫纳[5]返程，突然向我们发起了攻击。在激烈的战斗中，一块碎片从堡垒中飞了出来，穿透了我的左耳。战斗结束之后，图船长发现我倒在船舱里。我已经把碎片从耳朵里取了出来，筋疲力尽地躺在船舱里。

他笑着说："好吧，麦克，你看你已经打了耳洞了，就像贵妇人一样。我们得装饰装饰你的耳朵啊！"他这话说得很幽默，但是我不觉得好笑。

于是，他拿出了这枚戒指。这枚戒指是他从一位西班牙贵族那里拿到的，他让木匠迟布斯修饰了一下，然后固定在我的耳朵上。一开始，我很不习惯，甚至觉得讨厌。戴了一段时间之后，我想，这块石头也是从众多石头中挑选出来的，怎么也得值五十畿尼[6]吧。

基德船长和几位绅士用完了晚餐，下楼来抽烟，并讨论有关港口的大事。在此之前，我一直在睡觉。

见了这些绅士，我立马认出来一些：弗莱彻州长、利文斯顿少校、史密斯法官、州理事会的威廉·宾荷尔、尼克·巴亚德、斯蒂芬·戴朗斯。矮小的荷兰人菲利普森也在其列，他喜欢称自己为菲利普斯，现在已经十分富有。

除了伯吉斯船长从伦敦带回来的消息以外，他们没有其他的话题。

史密斯法官拍着桌子吼道："真是无理取闹。国王肯定是疯了，为什么要剥夺我们在红海贸易中的利益？如果那样，我们多数商人都会遭受损失，甚至沦为乞丐！"

他们开始谈论的时候就大吼大叫的，只有利文斯顿少校除外。他只是坐在那里，带着冷静而又充满优越感的微笑。我非常不信任他的微笑，知道他肯定没安好心，于是我用爪子使劲抓基德的大

腿。他对着我笑了笑，好像是说："麦克，我也有同感。"然后，他若无其事地挠了挠我的后背。他们都喊得筋疲力尽之后，利文斯顿少校才开始说话，他的声音就像他的笑容那样刻薄、冷漠。

"先生们，我觉得你们太大惊小怪了。首先，贝雷蒙特爵士至少需要两年时间处理他在英格兰的政务，然后才能到这里任职。两年的时间，可以发生很多事情。其次，对你们或许有利的是，这次负责搜捕海盗的船是'加里冒险'号，我是其中的一个大股东。"

他说这些话的时候，听的人爆发出一阵骚动。菲利普斯站了出来，对他破口大骂，其他人则瞪着他，喊着他的名字。如果有人保持中立态度，那么就要背负"两面派、墙头草、黑心恶魔"的骂名。在嘈杂的争论中，利文斯顿一直面带微笑地坐在那里，静静地等待着争论结束。

大家安静之后，他继续说："处理这种事情，最聪明的办法就是找准事情的本质，而不是大吼大叫。作为其中的一名股东，同时作为纽约一位令人尊重的市民，我对贝雷蒙特伯爵、萨摩斯伯爵及其他同伴抱有极大的信心。当然，我对顺应天意的国王更是百分百信任。"

菲利普斯拿起一杯酒，嘲讽地说："我们真是求之不得啊。"

利文斯顿没有理睬，继续说："无论这次远征会给我们及我们的海盗朋友带来何种威胁，都取决于指挥官。当然了，以我现在的立场及我对事件最新动态的掌握，我可以在指挥官的选择中发挥重要作用。各位绅士，你们放心，我选的这个人，在对待海盗及海盗贸易问题上一定会和大家意见一致。"

在利文斯顿的解说下，这些人都放松了许多，并笑了起来。菲利普斯喊道："你这是什么脑子啊，比狐狸还精明。"

利文斯顿又说："挑选这个指挥官成了现在最大的难题。所有的海军船长和海盗船长都忙着和法国作战。[7]他们都写信给我，请求我挑选适合的指挥官。事实上，我已经有合适的人选了。”

他们立即异口同声地喊道：“是谁？”但是，利文斯顿只是掸了掸身上的烟灰，像是没听见大家的疑问一样继续讲话。

“我可以绝对忠实地说，我选的这个人一定能让国王及大臣们满意。他熟悉所有的海盗船船长及他们的船员、船、策略及潜伏之所。我也可以坦诚地说，他是一个冷静沉着、责任心强的人，是个令人尊重的商人，是位言行得体的绅士，拥有美丽的妻子和幸福的家庭。

“当然，我没必要和你们啰唆这些，他是许多海盗船长的好朋友，绝对不会逮捕海盗。他也绝对不会做任何不利于红海贸易的事。

“这个人具备如此多的优点，既能迎合国王及其党羽的目的，又对我们有利。这个人不是别人，正是招待我们的主人。先生们，我很荣幸宣布‘加里冒险’号的新船长——威廉·基德船长！”

利文斯顿说话时，我就嗅出了不祥，觉得整件事情都对基德不利。他说这些时，我把爪子深深扎进基德的大腿里。基德也有相同的感觉，于是站起来大喊：“不，不，不，绝对不行！”但是剩下的人却都鼓掌欢呼，他们呐喊着向“加里冒险”号船长敬酒。

他们渐渐安静下来之后，弗莱彻州长说：“少校，还有一个问题，我们的资金从哪里来？据我所知，这是股东们的一次大冒险，其中包括贝雷蒙特、国王及其他王公贵族，你也在其中。大家都是为了通过投资获得大的收益。但是，连船员们都得不到好处，他们凭什么能分到捕获海盗船得到的战利品？”

利文斯顿冲着他笑了笑，有点儿同情地说：“我已经说过了，‘加里冒险’号的船长可以向私掠船发布命令，要求他们捕获所有法国船只、挂着法国国旗的船只或者在法国航道上行驶的船只。因为我们正和法国交战，我们的行动就具有合法性。国王和海军大臣们已经签署了相关文件，确保了我们行动的合法性。

“你们也知道，有许多摩尔人的船只在法国航道上行驶。我们都知道，这些船上载有丰厚的物品，他们很容易被捕获。截获一两只这样的船就足以回报投资者、船员和船长。到时候，基德船长就会成为纽约最著名的人物，我们的海盗朋友们也会高高兴兴，并且没有后顾之忧。”他轻松地挥动着手臂，好像事情已经得到了完美的解决一样。

他们又一次开始鼓掌欢呼。菲利普斯敬佩地说：“像一只狐狸，不，不像一只狐狸，像是拥有两只狐狸的聪慧。”

“不，不，我不会去的，我想都不会想。”基德反抗地说。其中一些人表现出担忧，但是利文斯顿仍然保持微笑。

“为什么，威廉？”基德夫人发话了，“你的想法真是奇怪，你真是不可思议的粗鲁、愚蠢。少校，他肯定会欣然接受。为什么不呢？想一想这是多大的荣誉啊！威廉·基德船长，贝雷蒙特伯爵及其夫人、奥福德伯爵、罗姆尼伯爵、什鲁斯伯里公爵都是你的朋友，更是你的合伙人！毫无疑问，国王会亲自接见你。噢，想起亲爱的伦敦我就开始思乡！威廉，我们现在多亏了少校。先生们，请把我们这些不在你们组织中的可怜女性同胞联合起来。”

可怜的比尔说：“是的，亲爱的。当然，这一点确定无疑。”

第二天早晨，基德下楼时，我看到他满面愁容，心情十分不好。我已经捉了十只老鼠，都放在了他脚下。他叫来了一个黑人奴隶，叫他把老鼠都清理出去，然后十分愉悦地感谢我，并给我准备了热牛奶混朗姆酒。但是，我仍能看出他很焦虑。他坐在桌子上，一直敲着手指。这时候，利文斯顿充满活力又愉快地过来找他。

利文斯顿说："威廉，这就是我们的策略。今天下午落潮时，我会坐博斯利船长的'彗星'号船赶往伦敦。这艘船速度非常快，我的旅程不会花太长时间。一到那里，我就会竭力向贝雷蒙特伯爵、萨摩斯伯爵、罗姆尼伯爵和什鲁斯伯里公爵及国王陛下推荐你。

"再过一两天，你就能乘着你自己的船从这里起航。你可以慢慢航行，好好享受旅行。你会在不经意间到达目的地伦敦。那样的话，别人就不会觉得不自然。我敢肯定，国王一定会认为这是一次幸运的巧合，他们苦苦寻觅的船长竟然不请自来。你应该会被立即聘用，国王和海军会支付你佣金。萨摩斯已经为你挑选了船员，他们都是训练有素、冷静沉着、正直无私的前海军水手。他们知道该怎样执行命令，并会执行一切命令。一切都会进展顺利。"

"但是，我不会去，我也不会接受，"基德说，"我并不喜欢这件事情现在的样子，这里面有太多令人不愉快的可能性。我不会再次出海，我已经隐退了。"

利文斯顿只是微微翻着眼皮，盯着天花板看了一会儿。我们能听到基德夫人的脚步声在头顶上转来转去。

可怜的基德又改口说："嗯……我只是希望自己隐退。如果我必须得去，那么必须有保护。"

"威廉，你必须替你的朋友们想一想，"利文斯顿油腔滑调地说，"我们没有时间再自私下去了。想想所有值得赞扬、值得尊重的商人们——菲利普斯、德兰西、万·科特兰一家、贝阿德，他们全都指着你拯救他们于水火之中，好摆脱破产的命运。想想你那些海岸同盟里的朋友——图、莫斯顿、格洛弗、伯吉斯、库利福德，还有其他人，他们全都蒙在鼓里，不知道国王正密谋着摧毁他们。

作为朋友，你有责任警告他们，让他们知道潜在的危险。那样，你会赢得他们永久的尊重。

“说到这些，威廉，如果你能非常凑巧地捕获一些不在法国航道航行，但是却富有的摩尔人商船……”

比尔厉声说道：“那是海盗行为，我不是海盗。”

利文斯顿赞同地说：“的确如此，的确如此。我也不会支持这种行为。我想说的是，如果这种事情发生了，你不用对此感到不安。当然，国王和他的朋友们能轻松地掩盖真相。如果捕获的船只物资丰富，他们更会不择手段。所以对于那种事，你丝毫不用害怕。”

这时，基德夫人开门进来了。她像小鸟一般欢呼雀跃地说：“早上好，亲爱的少校。你今天下午就要启程去伦敦吗？我真羡慕你。几天之后，威廉就会去找你。是不是啊，威廉？”

“是的，亲爱的。”基德说。

“亲爱的少校，你一定要转达贝雷蒙特伯爵，让他和他美丽的妻子到这里下榻。能招待这样文质彬彬、出身名门的人，真是令人高兴。亲爱的威廉，再给我带一块蓝色地毯，我们要放在新客厅里。是不是啊，威廉？”

比尔说：“是的，亲爱的，当然如此，当然如此。”

利文斯顿边深鞠躬边说：“夫人，让我们祈祷他能带回更多更好的礼物。或许会很小，但是远比地毯值钱。现在，我要走了，珍重。威廉，我希望不久后能在伦敦见到你。”

利文斯顿走到边门时，基德夫人邪恶地瞪了我一眼，然后朝楼上走去。她对基德说：“你最好把东西都按顺序摆放好，然后开始打包。你星期五就要出海了。”

基德说：“但是，夫人，星期五不吉利[8]，不适合出海。”

她眨了眨眼，接着问："不吉利？为什么？"

我能轻易猜到答案，但比尔只是说："好的，好的，当然如此，当然如此。无论怎样，都星期五出海。"

他坐下来，然后盯着壁炉开始发呆，我跳到了他腿上。

他漫不经心地抓着我的耳朵说："麦克，我不能把你带到伦敦去。那是一个污秽的城市，没人知道你去了之后会发生什么事。我们登陆不到一小时，就会有人抢你耳朵上的红宝石。我一直很需要你的提醒，尤其是和那些出身名门的'劫匪'协商时更需要你。如果你在那里，我猜你会把我的裤子抓烂。"

土耳其地毯

基德离开之后，我度过了一段沉闷无聊的日子。没有人按时给我送饭，好在我可以在高兴时自由出入其中一个窗户。所以，我一直吃得不错，总是把邻居家猫的晚餐据为己有。他们都是些大肥猫，天天过着养尊处优的生活，但却是胆小鬼。他们根本没有勇气捍卫自己的鳕鱼。我也经常去码头，在那里或者海边的客栈里待上一段时间。在码头，我和其他的猫有过几次激烈的打斗。

我一直不喜欢基德夫人盯着我的耳环时的眼神，所以她一来，我就会躲到箱子或木桶后面。

比尔启程离开后的一天，基德夫人带着一个个子高高的年轻小伙子下楼来。这个人骨瘦如柴，面色苍白，但却是我见过的最温顺的面孔。他叫基德夫人“莎拉”，我猜他是基德夫人的弟弟。从他们的相貌看，基德夫人似乎享尽了家里的所有资源，只留下一点点残渣给弟弟。他的身体不太好，钟表每敲一下他就会吃一两片药。听了他们的谈话之后，我知道他要跟着基德船长出海，负责记账和管理货物，但主要任务是监视基德。

基德夫人说：“塞缪尔，无论什么时候有了战利品，都要保证基德得到最多利益分成，任何人都不能比他多。这些都有明文规定。你还要保证基德能拿到所有属于他的东西，他对钱一点儿概念都没有。”

塞缪尔回答道：“是的，姐姐。”

“塞缪尔，你必须时刻盯紧船上的供应品，不能有丝毫浪费。你还要盯紧基德，不允许船员大吃大喝。炮弹、枪支的使用必须谨慎，不能浪费任何一枚炮弹，它可不便宜。”

他的脸色更加苍白，在基德夫人说话时就开始找药，并应道：“哦，莎拉姐姐。”找到药后，他接着问：“你觉得会有很多战斗吗？”

基德夫人厌恶地看着弟弟说：“当然了。但是，胆小的弟弟啊，你要记住，你一定要按照我的旨意办事。如果办不到，你回来之后面临的惩罚可远比红海贸易中的战斗惨得多。”

他迅速吞下两个药片，然后信誓旦旦地说：“是的，莎拉姐姐，肯定完成任务。”

几天之后，基德夫人又对塞缪尔说：“塞缪尔，把我说过的话都写下来，看看你记住了没有。我想要一块土耳其地毯，人们通常称为土耳其方毯。我要的尺寸是五乘七码，不能大，也不能小。颜色要以蓝色为主，这样才能和第二个客厅里的帘子相配。

“你也知道，在我们这个偏远的小镇，一块土耳其地毯是拥有大量社会资产的象征。这就是为什么人们会千里迢迢从哈勒姆[9]赶过来，一睹其真容。前段时间，戴朗斯夫人得到了一块地毯，上面已经有了虫蛀的洞眼，可她还是一副得意扬扬的样子，真是令人恶心。如果我有两块土耳其方毯，她和她的朋友们就会夹着尾巴做人。

“当然了，贝雷蒙特伯爵和夫人来拜访的话，我一定会好好招待。我现在都能想象贝雷蒙特夫人见了我的地毯之后的样子，她肯定会说：‘哎呀，我的基德夫人，你有两块土耳其方毯啊！真是羡煞旁人啊！’

“塞缪尔，记一下刚才说的尺寸。如果有任何差池，我会给你好看。”

七月四日，基德船长才从伦敦回来。自从他离开，我就一直吃剩菜剩饭，还要遭受基德夫人算计的冷眼。我受够了这一切，所以非常盼望基德回来。“加里冒险”号靠岸后开始鸣礼炮，我正好目睹了这一幕。

“加里冒险”号并不大，但是装备齐全，看样子跑得很快。船上大约有三十六门大炮，每个炮门下面还有一排机枪，这些装备在红海战斗中能发挥很大作用。码头上的人都很兴奋，但是我没有在码头逗留。我匆匆赶回地下室，开始消灭老鼠。这样一来，基德船长回来后，就能看到我做的巨大贡献。

不一会儿，他进来了。他穿着新的吊带制服，这一身打扮很像国王的船长，但是他满脸倦意，似乎一下子老了三岁。看到我之后，他无比高兴。他把我抱起来，温柔地挠我的下巴，然后到楼上给我拿热牛奶混朗姆酒。

“麦克，”他边说边在一张舒服的椅子上舒展开来，“回家真好。能一直这样待在家里是我最大的心愿。我的乖乖猫，你知道吗，我现在是国王最伟大的好朋友，他还赏了我一把剑。你现在正趴在国王的好朋友尊贵的膝盖上。”说着，基德解开了装饰精美的外套，剑掉在了地上，“这是一把很锋利的剑，我真想拿几个卷头发、喷香水的人试试。他们不是海盗，也没有瓜分红海贸易的利益，他们是土生土长的伦敦人。”

基德船长话音未落，弗莱彻州长就来了。

弗莱彻大喊：“比尔，伟大的海盗猎捕行动怎么样啊？”

基德有些遗憾地说：“不怎么样，不怎么样，本。一开始我就说，我不喜欢这次事态的发展。我在伦敦一直这么说，但是没有人理会我的意见。事实上，他们威胁我，如果我不接受这次任务，他们就会没收我的船只，无限期地关押我。我别无他选，只能被迫接受。”

弗莱彻笑着说：“可怜的比尔。你原来只需要和海盗及私掠船打交道，现在还得和那些喷着香水的人对簿公堂。”

“他们偷走了我的船员，”比尔继续说，“正如利文斯顿少校许诺的那样，萨摩斯伯爵已经给我配备了一批优秀的船员。但是，我们驶出诺尔时，英国皇家海军舰队却拦住了我们，斯图尔特船长强迫所有船员加入他的队伍。后来，我们在海军的朋友把他们骂了一顿，并勒令他们放人。于是，这些混蛋从监狱里找来一些人渣，让这些人渣充当船员。现在，我得招募一批新船员，还得花一两个月训练他们。不明事理的股东们一直催促，让我快点儿再快点儿。他们只关心速度和利益。”

弗莱彻又一次大笑着说：“比尔，你认为要接任的新州长怎么样？”

基德好像闻到了什么难闻的味道，脸色很难看，说道：“贝雷蒙特？他的那种虚假的道德高尚和诚实让我觉得恶心。本，爱尔兰人除了战斗，没有任何擅长的事情。如果你身边有爱尔兰人，而且他一直唱着圣歌，假行仁义，假装真诚，你一定要提高警惕。我绝对不会信任贝雷蒙特。”

在接下来的两个月里，比尔一直忙忙碌碌，就像周末酒店里的服务员一样忙得团团转。他一直在招募新船员，然后和他们签合同。此次的合同和以前的海盗船合同一样，船员们都没有工资和奖金。如果有战利品，百分之四十归船长，其他人均分剩余的那百分之六十。另外，如果在战斗中失去了胳膊或腿，多加六百银币；如果断了关节，多加一百银币。

他招募的船员鱼龙混杂，但是都很有实力。招募的人中，大部分都是船上的老手，他们想在海上再捞一笔。我认识其中的多数人，他们曾经跟着图船长出过海。剩下的人中，有年轻的庄稼汉、无家可归的奴隶、自卫队的逃兵，还有皇家海军的逃兵。现在共有一百五十名船员，更准确地说是一百四十九个半。基德夫人的弟弟塞缪尔·布兰得利只能算半个人。

基德忙着招募船员、装配轮船，基德夫人和塞缪尔也忙得不可开交。他们仔细检查每一发炮弹、每一块饼干，而且一直在厨师欧文耳边叨叨，不要让船员吃太多，真是够烦人的。虽然基德不想出海，但是比起在家里一直听着唠叨，看着基德夫人算计的冷漠眼神，或许基德更愿意远离这里。

我也愿意离开这里。我知道，基德觉得我年龄大了，不想带着我，但是我有自己的算盘。我可不想天天和那个可恶的女人待在一起。那个可恶的女人也不会管我，我只能孤单一人，与价值五十畿尼的红宝石为伴，不但吃不饱饭，还得住在冰冷的地下室里。冬天就要来了，天气越来越冷，红海倒不至于这么冷。

对我来说，登船简直小菜一碟。我知道我们会在九月六日出发。九月五日晚上，我算准了时间，到码头酒馆里找到船员，他们正在为明天的启程庆祝。达尔比·马林斯也在其列，他曾经跟过图船长和很多海盗船长。我很了解他，于是我进了酒馆并跳到他的腿上。

“哦，这是真的吗？”他叫出声来，“看看这红宝石耳环，这不是图船长的猫咪麦克吗？嘿，伙计们，这只猫能带来好运。在以前的航行中，麦克给图船长带来了好运，每次我们都能收获很多。现在，他就是‘加里冒险’号的幸运之猫了。”

伴随着阵阵欢呼声，他们颤颤巍巍地向船走去，我一直趴在达尔比·马林斯的肩头。他们陆陆续续登上了船，我也跟着上

了船。他们已经烂醉如泥，一会儿就把我忘到了九霄云外。在船上，我吃了一块牛肉，然后去船长的船舱里吃了一顿饱饭。吃完之后，我爬到了一个开着门的柜子里，在基德最好的制服上睡了一觉。

第二天，我们在码头上举行了有史以来最盛大的起航仪式。每个人都穿着最好的衣服，船也被擦得闪闪发光。几个醒了酒的船员穿着最干净的衣服，那打扮就像是军舰上的士兵，依旧不省人事的船员被锁在船舱里。在这次仪式上，基德夫人把自己最钟爱的土耳其地毯也拿了出来，铺在了码头上。她还为一些不喝酒的女士准备了竹筒酒，给爱喝酒的先生们准备了雪莉酒、波特酒、朗姆酒和马德拉白葡萄酒。州长和夫人也出席了这次仪式，史密斯等大臣也来了，最知名的商人们和镇里地位显赫的人都在其列。

达尔比·马林斯刮了胡子，穿上了干干净净的衣服，仔仔细细地为女士们服务。十六岁的狄克·巴雷库恩在船舱里为人们服务，他是一位农民，犯了案子从卡罗来纳州逃了出来。他动作很麻利，迅速传着蛋糕和水果。我一直待在船舱里，没有让别人发现。

弗莱彻州长说："船长，我要再建一座监狱，专门关押你带回来的海盗。建一座小的就够了。"

菲利普斯补充说："还要建一个仓库，专门放战利品。"每个人都会心地笑了。

仪式即将结束时，基德夫人把船长叫到船舱角落里说："威廉，无论发生什么事情，你都得给我带回来一块土耳其方毯。塞缪尔知道我要的尺寸，五乘七码，要蓝色的，你给我记好了。我不介意你从哪里得到，怎么得到，但是你必须得到一块。如果方毯上有血迹，你要立即用凉水洗干净。如果有必要，你也可以去买一块。如果你带不回来，我会非常失望。"

比尔说："是的，亲爱的，一定带回来。五乘七码。亲爱的，能麻烦你照顾我的猫吗？他是我的精神安慰。昨晚，他不见了，我走的时候他还没有回来。"

她不屑地说："行了，我会照顾他。"

她说话的方式真是令人讨厌，我很庆幸自己登上了"加里冒险"号。

潮水渐渐退去时，人们渐渐离去。基德夫人卷起自己的土耳其方毯，小心翼翼地送到了岸边。船员们仍然站在甲板上，船长下达了命令，船起航了。码头上响起了送行的礼炮声，我们放下了旗子。在徐徐微风中，我们沿着退去的潮水前行，经过了纳罗斯海峡。就这样，我们开始了基德船长此生最不幸的一次航行。

基德是真正的船长

我曾经以为自己再也没有机会出海，再次踏上甲板，听着夜晚的海水冲击着船舱，那种感觉真是太美妙了。在航行过程中，比尔从珍珠街的阴影中走出来，重新焕发出男子气概，这也是一件值得高兴的事情。离开了基德夫人，他越来越像男子汉，越来越有船长的样子。艾弗里、爱尔兰德等流氓心怀不轨，但是基德了然于胸，仍然对他们谈吐文雅。就算他们想造反，他们的阴谋也不能得逞。

我们刚刚过了纳罗斯海峡，塞缪尔就急匆匆地走了过来。

他哀诉道："威廉，厨师欧文在准备晚餐，但是他准备的啤酒是计划的两倍。莎拉姐姐给过我严厉的警告……"

听着这些，比尔很心烦，他平静又冷漠地说："或许，我应该给你定一些规矩。从此以后，你应该称呼我为长官。你一会儿去收

拾一下床铺，留给我的老猫睡。还有，没有命令，你不能踏进船舱半步。生活本来就已经充满磨难，我不再想看到你这张犹如裹尸布的脸。”

所以，塞缪尔收拾了一下药瓶子离开了。一连三个星期，他都晕船。他就像是一位未出过海的农民一样，而不像是水手。这段时间里，我都没有见到他。

在令人感到舒适的秋天里，微风徐徐，我们的船一路顺风地前进着，比尔也借此时间把这些散兵游勇训练成有规模的队伍。对于老水手来说，这不是难题。大多数老水手对船上的事情很清楚，对他们的任务分工也很明确。他们手里拿着鞭子，耐心地训练农民出身的伙计们。当马德拉群岛出现在我们视野中时，我们的船员队伍已经具备了规模。

在这个团队里，有两个败类。其中一个是船医布雷登汉姆，另一个是炮手摩尔。我们不在的一天，布雷登汉姆私自闯进医药用品供给处，把所有的酒据为己有。水手长博泽对我们说："他已经烂醉如泥了，四肢像死鳝鱼那样无力。他像一堆烂泥躺在货架子下，胸前还紧紧抱着一个空的朗姆酒瓶子。"

船长说："让他躺在那里吧，没有他更好。他只是一个兽医，不是医生。这是最好的办法。"所幸船员们都很健康，用不着医生。在整个行程中，他一直那样躺着。

炮手摩尔是个强硬的人物，他很能唠叨，一直抱怨自己的生活，而且一直给别人带来麻烦。他总在和周围的船员说，"加里冒险"号的待遇如何如何差，生活如何如何不容易。对我来说，有一点至关重要，那就是他十分讨厌猫。如果他在甲板上，我绝不敢靠近，只会沿着扶手离开。我讨厌他看我的眼神，那种眼神足以让我吓得跳起来。

两个星期以后，我们偶遇了一只来自百慕大群岛的船。这只船的船长是乔伊纳，我们两艘船结伴穿过了好望角。我们在圣亚哥停下来补充淡水，当晚，乔伊纳船长来找基德船长谈话。

他们两人在船舱里舒服地坐下之后，比尔说："乔伊纳，你有没有听说过我此次出海的目的？"

乔伊纳笑着点着了烟斗，说道："我听说是为了追赶海盗，但是我不愿意相信。你是一位受人尊重的船长，也是在加勒比海地区扬名的船长，你怎么能做出这种事情？"

比尔皱了皱眉头说："这不是我的选择，我被迫这样做。除此之外，我还得捕获法国船只和在法国航道上行驶的船只。这是我喜欢做的事情。我猜乔伊纳船长是去马达加斯加和海盗们谈生意吧？"

乔伊纳很严肃地说："我可以去做这件事情，但我不会这么做。我是一名诚实的商人，只做诚实的买卖。无论是在纽约、伦敦还是在约翰娜、圣玛丽，我只做诚实的买卖。"

基德倒了一杯马德拉白葡萄酒说："不要激动，船长，我无意冒犯。如果你有机会去圣玛丽、约翰娜或者曼德海峡，希望你能通知我的弟兄们，我不久就要到那里。希望他们能留出地方让我停船，这样彼此之间就不会尴尬。我希望你能传达我此次出海的目的，并介绍'加里冒险'号的情况。告诉他们，我的船是英国船，船上的旗子是印有白色十字架的黄色旗。"基德笑得更加开心了，他接着说，"船长，我的眼睛已经不如从前了，我都怀疑自己能不能认清几里之外的船了。"

乔伊纳船长大笑起来，伸手挠我的下巴。我很喜欢这个人，于是跳到了他的膝盖上。

他依旧笑着说："基德，说得好。既然你如此光明磊落、坦率直言，那我也诚实地告诉你，我要去圣玛丽和兄弟们做点儿生意。我很高兴向他们传达你的信息，愿意向他们描述‘加里冒险’号，还要向他们讲述你的善良。我敢肯定，他们一定会好好招待你。对待朋友时，他们都是体贴入微的绅士。

“船长，我们绕过好望角之后，就要沿着东海岸行驶了。我会找最好的时机告诉他们你要来，这你就放心吧。”

比尔又倒了一杯酒说：“真是太感激了，我一辈子也忘不了你。船长，我还有一件事情想要麻烦你。如果你在贸易过程中碰到了五乘七码的蓝色土耳其方毯，一定要帮我留下来。还要确保这块地毯质量上乘，没有子弹孔或者血迹。只要你帮我留住，无论花多少钱都行。到时候，你就把方毯留在圣玛丽，以我和鲍德里奇国王、韦尔奇或贾尔斯·雪莱的关系，这应该不成问题。

“好了，现在，先生，祝你一切顺利。”

他们喝了很多酒，相互敬着彼此。为了使彼此的航行能尽快取得成功，他们结为兄弟，希望联手削弱敌人和贝雷蒙特爵士的力量。他们一遍遍敬酒，最后在相互敬重的情绪中回到各自的船上。此时，早已经过了我睡觉的时间。

乔伊纳是个讲信用的人，我们绕过好望角之后，他扬起所有的风帆，借着风力朝北驶去。基德扬起那面带着白色十字架的黄色旗子，我们减少了风帆，沿着海平面缓慢行驶。我们的速度和荷兰收鲜船差不了多少。

大约到了南纬三十二度时，我们遇到了五艘英国皇家海军的军舰。接下来的几天里，这五艘船一直跟着我们。基德不喜欢这样，所有的船员也都厌恶这些船只。船上的船员中，有三分之一是皇家海军的逃兵。但是风力太小，我们只能和他们一起慢慢航行。

第六天下午，舰队队长给基德发出了信号，让基德到他们船上去。基德选了一些年轻力壮的农民小伙子，带着他们去了对方的船上。其他人都焦急万分，他们在热浪滚滚的甲板上坐着，全都保持沉默。风中只有帆布的声音，四处都静得可怕。“加里冒险”号仍在前行，不断划破水面上的油污。日落时，基德回来了。他迈着轻盈的步子爬上梯子，还没等上来就命令水手长召集大家。所有人都到齐之后，他走向船尾栏杆。

他一本正经地说：“你们当中，有多少人想去为皇家海军效力？”人群中爆发出咒骂声，他们都往后退了退，算是给出了答案。

基德笑着说：“正如我担心的那样，事情不会那么简单。你们的心中都燃烧着爱国的火焰，难道没有志愿为国家服务的人吗？我现在的处境很尴尬，因为我答应他们在日落前送给他们三十个人。皇家海军和以前一样人手不足。”

咒骂声变得更大，基德不得不举起手示意大家安静，然后继续往下说："兄弟们，我真的没有办法。他们有五艘船，我们只有一艘。如果我拒绝，他们会登上我们的船，随心所欲地俘虏我们。我尽量拖延时间，争取机会。虽然时间很短，但是我们要在短时间里拿出勇气和决心，奋力反击。我唯一的要求就是严格执行命令，保持绝对安静。"

然后，他一连下达了很多命令——先解决晚饭，再打扫桨栓，蒙上麻絮，把桨舱涂上润滑油，给桨手准备三桶水和酸橙汁，每三个人摇一个桨，日落之后不能有任何光亮也不能发出任何声音。他还让迟布斯做了几个小筏子，上面装上灯桅，顶端挂上锚灯。

基德对我说："麦克，我们准备好了，这次可要给沃伦船长一点儿颜色看看。在伦敦河上，皇家海军俘虏了我所有的船员，报仇的时刻到了。"

基德悠闲地吃了一顿丰盛的晚餐，然后把侍者狄克·巴雷库恩叫过来说："你最好准备一下你的小提琴，拉一曲好听的曲子。这样能缓解每个人心中的焦虑，也能盖住所有不幸的声音。"狄克得意扬扬地拿出小提琴，跟着曲调唱起了歌。歌声很难听，随后就淹没在激烈的枪炮声中。

一个星期以来，船上的船员们一直无所事事，能找点儿事情做本来就是不错的选择。如果这次活动失败，其中一些逃兵就要被抓回去，遭受严刑拷打或者被执行绞刑。面对着不同的任务，他们像蚂蚁一样忙前忙后。

在这片水域，根本没有黄昏时段。太阳一落山，就像唯一的蜡烛被吹灭，整个海面如同鲸鱼的肚子一样一片漆黑。今晚也是如此，好像有人突然吹灭了蜡烛，四周立即伸手不见五指。

战船上出现亮光之后，迟布斯及他的手下把小筏子轻轻放到海面上，然后点亮了灯笼。所有人的行动就像我走路一样悄无声息，划桨手们拿出盖着麻絮的船桨，巴雷库恩拉着悠扬的小提琴曲。我在一旁默默关注着大家的行动。

基德缓慢、冷静地说：“慢慢来，兄弟们。划桨的时候一定要轻，就像是给女王搅拌蛋糕糊那样轻。轻一点儿，再轻一点儿。”

三个人同时握住一个桨，他们轻而缓地划着，按照划一下停一下的节奏使劲。我们没有感觉到自己的船在前进，但是我们离筏子和锚灯越来越远，越划越快。

水手长拿着鞭子在水手身后转来转去，他说：“谁划了空桨，谁就要挨鞭子。”没有人划空桨，也没有人挨鞭子。筏子上的灯光和军舰上的灯光离我们越来越远，渐渐变得模糊。

基德船长喊道：“兄弟们，现在拼尽全力，让我们的船跑起来。使出浑身力气！沃克先生，朝着东北偏北方向前进，那里或许会有风。”达尔比·马林斯开始喊劳动号子：“拉呀，伙计；嘿呀，哈呀；冲出水面，行动起来，让皇家海军去见鬼吧。”

水手们的汗一滴滴地落下来，汇成小河，在每个人的身上流淌。每个水手身上都散发出热气，好像在蒸浴。布雷登汉姆从昏迷和醉酒中醒过来，拿着朗姆酒瓶子摇摇晃晃地上了甲板。达尔比·马林斯接着喊劳动号子，巴雷库恩停止唱歌，开始附和达尔比。塞缪尔终于发挥了作用，他跑上跑下地给大家舀水和酸橙汁。

迟布斯大叫：“船长，我用不用去抽水？船舱里的水已经两尺厚了，那都是大家的汗水啊！”替补船员们呵呵地笑着，斗志昂扬，准备好了接岗。

“加里冒险”号终于往前走了，筋疲力尽的船员气喘吁吁地躺在甲板上，身子底下不一会儿就出现了小水坑。过了一会儿，基德

船长走上甲板，站在船尾的栏杆处，看着远处波光粼粼的深蓝色水面。他看上去十分疲惫，大汗淋漓，袜子掉下一半，鞋子也压得变形了。

他像一个孩子那样兴奋地喊道："麦克，船动了，船动了！老猫，我们成功了！我们成功了！"

在这种形式下，"加里冒险"号一直在夜色中前行。劳累的船员们登上甲板，休息好的船员们下去接班，所有人都没有半句怨言。

凌晨三四点，船长推算出我们快要靠岸了，我突然闻到了风的味道。我抓了一下基德的脚踝，然后竖起尾巴，像受惊的马一样欢呼着跑到甲板上。我太兴奋了，靠在主桅上就开始磨爪子。

厨师欧文喊道："老猫！快看麦克！伙计们，有风了！起风了！就像早餐一样，肯定会起风！"

所有人都跑到甲板上欢呼。我跑到船尾去找比尔，他完全清醒了，尽情嗅着空气中风的味道。我又逐渐闻到了腐烂而闷热的丛林的味道。可以肯定，一定是起风了。不一会儿，风吹到了帆上，帆鼓得满满的，对我们的航行产生了影响。

船长下达命令："停止划船，收起你们的桨，立即登上我们的船。沃克先生，航向改为北偏东。甲板上的弟兄们，把桅杆上的绳子系结实。欧文，准备两人份的烈酒。"

我们听到了船桨扔进船舱的声音，还有舷门关闭的声音。大汗淋漓的水手们一个个进来，兴奋地说着祝福的话。所有人都举起酒杯，一饮而尽，并整齐地欢呼"基德船长"三声。他们还欢呼了我三声，他们可能觉得是我带来了风。

基德说："好了，伙计们，你们已经解救自己于痛苦、剥削与压迫之中，你们真的很棒。"

他上床睡觉时对我说：“如果风停了，就抓我一下。向着风祈祷吧。”

我听到达尔比·马林斯在唱歌，歌声像牛叫一样难听。和巴雷库恩说晚安的时候，他还说：“让我的舷窗盖见鬼去吧！不过，孩子，基德是一位真正的好船长。我们得走多少里程才能再遇到一个这样好的船长啊。”

不祥的预感

到目前为止，我们的航行令人愉悦，一路顺风顺水。船员们身体健康，精神饱满。当然，我们还没有任何劫掠活动。只有到了目的地，我们才能实施捕获。因此，没有人因为我们没开张而感到失望。

朝着莫桑比克海峡前进的过程中，我们离马达加斯加越来越近，我的情绪变得低落。并不是因为海上的热浪，也不是因为丛林里浓厚的腐烂味道，而是因为我有一种不祥的预感，觉得我们的好运马上就要用完了。比尔看上去也很忧郁。

下午，我们看到了马达加斯加。晚上的时候，我们就到了特里雷海岸。比尔斜靠在栏杆上，对着海岸线发呆。在蒸汽上方，红润的圆月悬在空中，笼罩着丛林。时不时，雄性鳄鱼会发出一两声求偶信号，伴随着丛林中野猫的尖叫声。这些声音都令人不快。

水手长博泽是个不错的人，也是一名老海盗。他有些不安地走过来，对比尔说："船长，打扰一下。我想确定，我们此次出海的目的是不是捕获海盗。"

比尔说："这只是我们搪塞世人的一个借口。"

水手长深深地叹了一口气，然后开始玩弄手指甲。他鼓足了勇气说："我曾经是图船长的手下。图船长是个不错的人，随他出行总是很快乐。长官，我真的没办法对我之前的老船长开枪，我也不能袭击我的老朋友们。"

"如果是命令，你会执行吗？"

博泽有些气愤地回答："我已经出海四十年了，从来没有违背过命令，更没想过违背命令。长官，这对我来说是一次冷酷、艰难的任务。冷酷艰难！"

基德只是看着黑色的海岸线微笑。

他说："我也会感到同样的痛苦。事实上，这种痛苦无法想象。图船长是我最好的朋友之一。博泽，你要相信我，我从来都不想剿灭图船长，也不想剿灭其他的兄弟、朋友。

"我迫不得已开始了这次航行，这件事违背了我的意愿，但是我不得不这样做。我只有一个目标，那就是快点儿结束这一切。如果能截获一两艘富有的法国船只，我就能向我的雇主们交代了。如果这个愿望能实现，我愿意立即回到纽约，从此再也不出海。如果不用截获海盗船就能完成任务，那就谢天谢地了。对于我个人而言，我不求什么物质回报，只希望能早日摆脱这个自相矛盾又违背意愿的命令。”

博泽舒了一口气说：“谢谢，长官。听了你的话，我觉得心里轻松多了。我觉得现在做的事情是对的，不久我就会看到斯塔顿岛的海岸。我宁愿在这里过着食不果腹、两手空空的日子，也不愿意到满是金色达布隆[10]的沼泽里冒险。即使随随便便就能拿到达布隆，我也不愿意冒险。”

特里雷是个偏僻的小地方，地处沼泽地区。但对于纽约与新印度群岛的海盗和商人们而言，这里却是一个好地方。这里有破旧的码头，还有几间摇摇欲坠的仓库，其他地方全是沼泽和丛林。一般情况下，这个泥泞的港口都会有一两艘海盗船停靠，有时还会很拥挤。但是今天，全然不见海盗船的踪影，只有一艘小型的巴巴多斯[11]单桅帆船。

这艘小船的船长登上我们的船，对着我们的黄旗子嘲笑了一番，然后对基德船长说：“基德船长，恐怕你要捉的囚犯已经逃跑了吧。我已经在这儿一个月了，没见到任何海盗。”

基德说：“真不幸啊。船长，在你交易的过程中，有没有看到过五乘七码的蓝色土耳其方毯？无论多少钱，我都愿意买。留给圣玛丽的鲍德里奇或者贾尔斯·雪莱就行，别忘了署上我的名字。”

巴巴多斯船船长说：“我很愿意为你效劳。你有没有到这里的仓库看一下？”

基德还没有到仓库里找过，所以他带着我上岸了。仓库前坐着两个面黄肌瘦、皮包骨头的人，他们是鲍德里奇的代理人，负责这里的事务。基德问起他们地毯时，其中一个人说不知道，并告诉我们：“让我的伙计看看吧，他识字，可能会找到。”

他的同伴费力地从椅子上站起来，气愤地叹息了一阵，找到了一份清单，然后到仓库里翻找。

这个丛林港口的仓库并没有什么特殊之处，里面堆满了成捆的丝绸、锦缎和印花棉布，一罐罐中东石油和香料，还有不计其数的黄铜制品、镀金装饰品和象牙装饰品，所有这些都是战利品。堆在地上的是巴巴多斯小帆船的货物——实心子弹、麻袋装的子弹、桶装火药、弯刀、短剑、多余的帆布、很多桶牙买加朗姆酒。海盗们想要的货物，在这里都是以五倍的价格出售。难怪菲利普斯、戴朗斯以及其他令人尊重的商人能发财。

会识字的那个人翻找了一段时间后回来了，放松身体，然后躺回椅子里，并对基德说："很不走运，船长。只有一块土耳其地毯，尺寸与你要求的不一样，其中一半已经被蚂蚁啃了，而且这块地毯是红色的。我猜，这肯定不符合你的要求。"

如果他对基德夫人的了解能像我对她的了解那样深入的话，他不用猜就知道她肯定不会要这块地毯。

我们的淡水不多了，而这里又没有淡水资源，于是我们前往约翰娜岛补充淡水。我曾经和图船长在那里待过一段时间，知道那里有水质很好的泉水。我们刚走了两里格[12]远，巴巴多斯小帆船就以两倍的速度超过了我们。

他们的船超过我们的船时，船长向我们大喊："基德船长，我要去约翰娜岛。我要去为你找合适的土耳其方毯。有没有什么信息需要告诉你的朋友们？"

比尔只是朝他挥挥手，然后冲着我微笑。"很显然，他是要通风报信，警告他的弟兄们我们来了。麦克，我敢用五英镑和你赌一法新[13]，等我们到那里之后，约翰娜岛方圆十里格之内都不会有海盗船。"

基德说得对，那里根本没有海盗船，但是有五艘大型东印度公司[14]的船，这些笨拙的庞然大物正停在港湾里蓄水。这五艘船高大笨重，看上去就像漂浮在水面上的堡垒。庞大的体积似乎不利于航行，但是想攻下来也绝非易事。

所有船员，尤其是老船员，看到这些大船羡慕得直流口水。他们憧憬着船上全是值钱的货物，全部能收入自己囊中。不过，他们只能对着这些大船浮想联翩。

我们在那儿的五天里，五艘大船上的船员全部在船上保持沉默。我们的船员像纽盖特监狱里的犯人一样，透过左舷偷偷往外看。我们只有几个人可以出来取泉水，但是后面总会跟着携带重型武器且尖酸刻薄的长官。

其中一个长官是一位妄自尊大的船长。我们停靠的第一天上午，他就过来和基德说过话。

他十分轻蔑地看着"加里冒险"号说："这就是贝雷蒙特伯爵发起的伟大的海盗猎捕行动吧。看样子，海盗猎捕者至今两手空空。真不幸，老话说的'以贼捕贼'不灵啊，我们的海盗船长一个海盗也没捉住。"

比尔把手伸向剑，正是国王给他的那把，准备拔出剑来大战一

场。但是，他们有十个人，我们这边只有比尔、我和几个船员，我们的船员没有匕首。想了想，比尔又把手放下了。

比尔保持沉默。那个自大狂接着说："兄弟们，这次远征活动是时候给我们展示战果了。你们这些海盗肆意掠夺，已经激起了印度人民对英国人的不满。莫卧儿[15]国王要把所有的英国人清除出去，还要把东印度公司扔进大海。对英国来说，这恐怕是个不小的灾难。

"辉格党[16]竟然支持这次愚蠢的远征活动，只要我们能让辉格党下台，我们就能控制整个事件。我们会立即把人渣赶出这片海，并永远制止那些抢劫、猎捕的海盗活动。"

比尔的声音很小，但是很冷漠。他再次把手放到剑上说："你们公司也想把国王赶下台吗？这听起来有点儿像叛国罪啊。"

自大狂说："叛国可不敢。但是，如果约翰公司发话，国王和海军也得洗耳恭听。"

我感到事情正向不利的方向发展，于是我抓了抓比尔的长袜，带他去了海滩，然后绕道去一个更好的泉眼。我们在那里打水，并没有见到其他人。

那天晚上，比尔一直在船尾踱步，内心十分烦躁。受到东印度公司官员的侮辱本来就令人不爽，自大狂又提起辉格党一事，这似乎让基德更加心烦。

基德突然说：“由于这件令人痛苦的事情，现在的政治局势更加混乱了。到处都是政治、阴谋、嫉妒和贪婪。辉格党袭击托利党[17]，托利党反过来又捅刺辉格党。东印度公司对威胁他们利益的一切人、一切事物发起了进攻，而我们正好处在这几个矛盾的中心。麦克，我们就像磨石下面的大麦。如果我挡了任何一方的路，他们就会碾碎我。他们不会思考我的立场，碾碎我就像碾碎烦人的昆虫一样轻而易举。

“想想其他人，利文斯顿把我卷进这件事情中，他现在却坐在庄园中漂亮的房子里，吹着哈德逊河上习习的凉风，幻想着自己的利益分成；贝雷蒙特，烫着头发，喷着香水，安然无恙地待在伦敦，写着永远写不完的信，一直在幕后控制着局势。想想我们，我们在这蒸人的臭水坑里热得快要中暑。麦克，这真叫人抓狂。我真是厌恶这样的日子，我怎么会那么软弱，为什么要接受这样的命令。”

我们花了五天时间蓄水，蓄完水之后，比尔就拔锚起航了。他说：“我再也不能容忍监狱船上的恶臭味了。”

经过最大的一艘船时，我们的船员都趴在栏杆上，对着那艘船大笑，并做出一些侮辱性的手势。基德看到自大狂站在甲板上，于是拿着喇叭喊：“你们这些海上囚犯还想抓海盗，有本事来抓我们啊。你们得不到任何东西，只能得坏血病。”

自大狂气得脸都绿了，开始大声发布命令。一分钟以后，这艘船的船前炮发出了一枚炮弹，但是炮弹落在了水里，离我们的左舷船尾有六英寻[18]远。

比尔对着炮手摩尔喊：“摩尔，还击。”摩尔和他的手下跳了起来，迅速组装好船尾炮，然后发射。他们的组装速度，绝非私掠

船船员能比。摩尔发射炮弹进行回击，炮弹呼啸着前进，一秒钟之后，那艘船上的东印度公司船首雕像就被炸成了碎片。虽然有几炮没打中，但摩尔确实是个好炮手。

我们穿过海港到达公海时，基德喊道：“这是我们给约翰公司的大礼。”

我们的船底已经很脏了，比尔将船驶到莫西拉小岛，然后在那里把船侧倾，清理掉船底的海草和藤壶。

这是一个很小的岛，非常空旷，布满沙子。这里没有沼泽，只有少量树木环绕着我们停泊的小湾。放眼望去，只能看见白色的沙滩和清澈的海水。

船员们像兴奋的孩子，利用多余的帆布和棕榈树叶搭起了帐篷，他们到水里游泳、洗衣服，相互嬉戏玩耍。船体侧翻期间，我们要住在岛上，欧文把火炉等做饭工具都拿到了岛上。我不用清理厨房里的老鼠，可以好好放松一天了。船员们把烂醉如泥的船医拖了出来，他手里仍旧抓着空朗姆酒瓶子。伙计们把他放在了树荫下，他毫不知情，依旧没有醒来。

这里好像对健康很有利，是个不错的居住地。但是，我们的好

运正在一点点耗尽。还没等船翻向另一侧，五六个船员就出现了肌肉抽搐和头疼的症状。刮藤壶碎屑可不是什么好差事，博泽以为他们都是在装病。但是到了晚上，他们开始胡言乱语，有十多个人因为绞痛而咆哮。

第二天早晨，第一拨得病的五个人中，有三个死了，另外还有二十个人倒下了。

博泽问基德：“船长，这是不是霍乱？”

基德说：“是的，去把船医布雷登汉姆叫起来。把他的朗姆酒瓶子夺下来，然后把他拖到海浪里冲，直到他清醒为止。把他的药品箱拿到我的帐篷里。给死者举办一个简单的葬礼，身体健康的人继续清理船体。要想制止疾病的蔓延，我们必须出海。”

过了一会儿，船医来了，浑身湿透还晃晃悠悠。他真是个没用的废物，还不如我的胡须作用大。

配药的时候，他把药撒了一半，基德船长又让人把他带走了，并把朗姆酒瓶子还给了他。

又过了一周，噩梦真正来临了。船员们像秋风中的坚果一样纷纷倒下，埋葬小组从早一直忙到晚。基德一连几天都没有合眼，像照顾孩子一样照顾病号，写下他们的遗言，并在坟墓前宣读他们的贡献。厨师艾贝尔·欧文一直做饭并给他们喂食，一刻也不得闲。最后他自己也病倒了，还差点儿栽进汤锅里。幸运的是，有几个人康复了，欧文也康复了。塞缪尔一直很胆小，但是也发挥了作用。狄克·巴雷库恩做出了突出贡献。不知为何，他那忧伤的音乐似乎起到了镇静剂的作用，胡言乱语最严重的患者也渐渐平静下来。他一直守护着病号，并在他们身边拉小提琴，直到把琴弦拉断。

博泽吩咐身体健康的人清理船体，但是他们花了足足一个星期才清理了一半。最后，船终于能平稳地航行了。这时，已经有六十多个人倒下了，临时墓地里也已经埋了四十九个人。

最后，他们把所有病号都带到了船上，让他们躺在甲板上。我们的绞盘手和风帆手还够用，于是我们出海了。我们没有特定的目的地，只是想离开这个可怕的小岛。这个看似平静、健康的地方，却夺走了我们三分之一船员的性命。

不知道是回到大海的缘故，还是疾病自己消失的缘故，我们又死了五名船员之后就再没有人病倒。

奇怪的是，事情逐渐好转，我之前的那种忧郁的直觉也没有加深。但是，事实上我们的情况却变得越来越糟。

事态恶化的时候，我曾经想，自己还不如和基德夫人一起待在纽约。

叛 变

几周以来，我们一直漫无目的地航行。船上的病号们逐渐康复。即使现在所有的船员都能在自己的岗位上工作，我们的船员规模也只是原来的三分之一。剩下的船员粗暴无礼、情绪低落。我们已经在外漂泊了将近一年，所有人都一无所获，因此他们情绪暴躁是可以理解的。

我们推算着麦加船队经过的时间，在曼德海峡守株待兔。三个星期以前，我们进入红海，并到达了这里。现在，麦加船队差不多应该来了。我们期待着拦截一只法国船。这里是朝圣船队的必经之路，因此很多海盗船会在此等待机会。但是，现在的情况与以前不可同日而语，我们在这期间一艘海盗船也没遇到。或许，海盗们听说了基德有任务在身，不想让基德觉得尴尬吧。

在我看来，世界上没有比曼德海峡更热的地方了。在炎热中蒸烤了三个星期，再加上没有发财的机会，船员们都很焦躁，一点儿小事就能点燃情绪的火山。在大家的翘首期盼中，船队终于出现了。这个船队大约有二十艘船，而且这些船看上去都像是不错的商船。这种兴奋的情绪没有持续多久，船队走近时我们看到了挂着英国和荷兰国旗的护卫舰。一些人的情绪被引燃，犹如火山爆发般向周围人发泄。

然而，比尔命令船上的大部分船员待在船舱下面，这样我们的船看起来就不像海盗船了。我们在船舱里偷偷往外看，看到了一艘和我们并排的亚美尼亚商船。对方的船上有一名随行译者，他站在船上向我们喊话。

比尔喊道："嘿，你们有没有土耳其方毯要卖？五乘七码的蓝色方毯，多少钱都可以。"

对于我们是不是海盗船，他们将信将疑。他们是精明的商人，因此不会放弃发财的机会。他们忙活了一阵，一会儿就拿出了一块地毯，然后站在栏杆旁边和我们讲价。这块地毯质量不错，以蓝色为主。比尔戴着眼镜，仔细观察了一番，显得十分兴奋。

比尔说："水手长，把船靠近一点儿，这好像就是基德夫人想要的地毯。麦克，这是雪中送炭啊。水手长，再靠近一点儿。"

翻译官大喊："五乘七码，二百西班牙银币就可以成交。"

突然，炮弹纷纷射向我们的船尾，其中有一颗炮弹击倒了我们的桅杆，还有两颗擦着我们的后甲板落入海里，溅起高高的水花。舵手牢牢握住船舵，以最快的速度离开了这里。两艘护卫舰继续发炮，差一点儿击中我们的船尾。他们又连发几炮，只是没有击中我们，我们很快逃离了船队所在的水域。

比尔简直气疯了，跺着脚大骂护卫舰。他大声喊道："这群无赖，我们是诚实的船只，只想做合法买卖，他们怎么能这样对我们？如果不是怕连累伙计们，我早就把这两艘护卫舰干掉了！只可惜那块土耳其地毯差一点儿就拿到了。”

如果说比尔为此失去了理智，那么船员们就是发疯了。炮手摩尔表现得尤为突出。他还没有从霍乱中完全恢复，而且一直郁郁寡欢，但是他却说了很多。

他咆哮着：“这是什么破航行？这是多么无能的船长！整整一年了，什么也没拿到。我们已经死了三分之一的兄弟，现在他却为了一块破地毯拿我们的性命开玩笑。无论跟着哪个有能力的船长，我们早就发财了。我只想跟着若利·罗杰，我只想发财。跟着威廉执行任务，我们只有等死的份儿。”

水手长和一些比较沉着的人劝他冷静下来，但也有很多人和他站在同一立场。船医布雷登汉姆就是其中之一，他酗酒严重，手里的朗姆酒瓶子早就见底了。

对于这种叛变，我已经见怪不怪，叛变期间我总能感觉到阴谋诡计。现在，我能强烈地感觉到每个人心中暗涌的情绪。

在随后的航行中，我们又遇到了一艘小船，船上有一位葡萄牙船长和一批亚美尼亚船员。基德登上了对方的船，发现船上秩序井然，并没有法国人，小船也不在法国航道上航行。比尔询问对方是否有土耳其地毯，对方说没有，比尔失望而归。

布雷登汉姆没有听从船长的命令，带着其他船员洗劫了这艘小船，并到船上疯狂地寻找朗姆酒。船上没有朗姆酒，他们抢了一桶咖啡、一桶胡椒粉、一盒蜂蜡，以此抚平自己抑郁的情绪。

当然，比尔肯定会冲着他们咆哮，他们很不情愿地听着。布雷登汉姆小声嘟哝着说：“这又不值几个钱，但总比两手空空好。说不定我们能从此转运。”

比尔说：“这或许能改变你的命运，布雷登汉姆先生。你已经实施了一次海盗行动，你应该用你的项上人头弥补损失。不过，这倒不会对医学界造成什么损失。”

我们仍旧漫无目的地在海上航行，运气变得越来越差。现在，我们的船严重漏水，抽水机日夜不停地工作。船底由于淤塞严重，因此很难解决漏水问题。几个星期以来，我们一艘海盗船也没见过，确切地说是没见过任何船只，更别提富裕的船只了。船员们越来越不满，越来越暴躁。即使船上人手不够，即使需要在炎热的天气里往外排水，他们依然有时间抱怨，依然准备着叛变。

我们的淡水资源也开始供应不足，这真是雪上加霜。船长命令到卡拉沃停船加水。那里有一个东印度公司的皇家交易口岸，基德独自上岸询问土耳其地毯。没有符合要求的地毯，但是他却得知了一个坏消息，于是飞快地跑回船上。

两艘体积庞大的葡萄牙护卫舰在这片海域航行，这两艘船已经遇到了我们之前劫掠的小船。那艘小船的船长说我们是海盗船，打伤了他们的船员，还抢走了大量金银珠宝。这件事越传越离谱，现在这两艘护卫舰就是要逮捕我们这些凶神恶煞的海盗的。

我们的水才灌了一半，比尔就拔锚起航，回到公海海域。如果停留在海港，我们就会成为笼中之兔。他的推测很有道理。

他怒骂道：“‘加里冒险’号是艘海盗船，基德成了强盗！战舰一直跟着我们，整个海岸都要对我们发动武装斗争。一切都是因为一桶咖啡、一桶胡椒粉和一盒蜂蜡。该死的布雷登汉姆在哪里？”水手长一直劝比尔不要生气。

我们在海上时，没有遇见其他船只，这让我们稍稍松了一口气。第二天黎明时分，一艘巨型的葡萄牙护卫舰突然出现，向着空中鸣了几枪。还没等我们反应过来，护卫舰又向我们发射了六枚炮弹。

基德是我见过最有战斗力的船长。现在我才明白，为什么基德是私掠船船长时，会让法国人闻风丧胆。

基德改变着船的航向，我们绕到了大船的船尾处，对着大船发射炮弹。我们发射了十八枚炮弹，每一枚炮弹都落到了对方船上。我们击毁了对方船上的豪华船尾楼和转向齿轮。在没有风的情况下，这艘船无法逃离。

我们的攻击给他们造成了损失，比尔建议大家用右舷大炮发起攻击。如果我们船员充足，我们可能会拿下这艘船。但是，我们现在人手不够，没有足够的劳力靠近大船，因此只能漂在那里。只要有机会，我们还是会发射炮弹。

直到傍晚时分，我们一直这样僵持着。除了刚开始遭受了六枚炮弹的袭击，我们没有受到其他袭击。比尔准备登上对方的船，把它拿下，但是船员的反响并不积极。比尔十分气愤，冷静之后就没有再提截获对方船只的事。

日落时，海上突然起风，葡萄牙护卫舰乘着风逃离了。它的同伙，之前因为没风一直落在后面，现在也借着海风向着岸边撤退。

比尔站在船尾，浑身都被汗水浸透，他注视着葡萄牙船只渐渐远去。自从离开纽约，这是他最高兴的时刻。他笑着说："麦克，这一仗真过瘾，真刺激。我猜葡萄牙船只再也不敢在这片海域轻易袭击英国船只了。博泽，给每人发两人份的格罗格酒。"

船员们聚在一起喝酒，却不像以前那样吆喝着、呼喊着。我能听见摩尔一直在抱怨："我们的工作量增加了，需要付出更多努力，同时面临着更大风险，但是这一切都没有意义。我们一直为了英国的荣誉而战，却没有人为我们的汗水与风险付费。我上这艘船是为了赚取奖赏，而不是为了找乐子和护卫舰战斗。"

比尔听到了他的抱怨声，所以走到了船尾。

他神情严肃、彬彬有礼地问摩尔："摩尔先生，你说自己的付出毫无意义是吗？请允许我纠正一下你的说法。一切都是有原因的，一名视朗姆酒如命的医生和一些愚蠢的船员抢劫了一艘没有武装力量的葡萄牙商船，只为了拿到一些零货和蜂蜡，一些破蜂蜡！正是你们引发了这次战斗。你们上岸的时候，果蔬店和小贩们应该都会害怕。我以为我的船员们都是水兵，不应该是扒手。

"现在，我警告你，管好你的嘴，否则你会蹲监狱！"

达尔比·马林斯和其他一些人听了都哈哈大笑，但是大多数人却很愤怒，抱怨着回到了船舱。

比尔爆发了，他在甲板上转来转去，然后大吼道："蜂蜡，蜂蜡！想想看，麦克，以前我当私掠船船长的时候，能轻而易举地拿下那两艘葡萄牙船。我也有自己的商船队，每只船都会比我们现在的破船好多了。如果能一直过那样的日子，我威廉·基德就会成为纽约最富有的人之一，也会成为最受尊敬的商船船长。我无论如何也不会沦落到和这些强盗、混蛋在一起啊！我真是要疯了！"

他一直在甲板上转圈，直到自己冷静下来，然后他抱起我，挠着我的下巴。他笑着说："老猫，请原谅我的自大。你是船上唯一懂我的伙伴，也是我唯一可以信任的伙伴。你的智慧和理解给我了莫大的安慰。上帝会保佑我们的，不久我们就会得到一艘富有的法国船只。"

我们之前取的那一点儿水根本不够喝，现在我们又面临着水资源短缺的难题。所以，我们在马拉巴尔群岛中的一个小岛停船取水。我第一个跳下取水小船，伸展拳脚，希望能抓一两只鸟换换口味。这是一个空旷荒芜的地方，岛上唯一的居民是野蛮、险恶的野人。取了一趟水之后，小船就离开了，只剩我和一名桶匠留在泉边。

我冲进树丛，紧紧追着几只又肥又圆的小夜莺。突然，我闻到了一股强烈的土著人的味道。我静静地观察了几秒钟，发现他们正在矮树丛中往这边走来。我拔腿就跑，想给桶匠通风报信。他一直专注地提水，根本没有看见我。我使劲抓他的胳膊，他看见了土著人，但是为时已晚。他还没掏出弯刀，就被按倒在地上，动弹不得。

丛林中走来一个野人，他一手拿矛一手持刀，明晃晃的刀看着就让人毛骨悚然。他的脖子上戴着鲨鱼牙齿做成的三股项链，手上还戴着相同材质的手镯。比起其他人，他的身材更加魁梧，相貌更加丑陋，我猜他可能是首领。

我无心观看将要发生的事情，于是飞奔着跑回树林。身后传来一声令人恐惧的尖叫声，随着一阵可怕的咆哮声，桶匠再也没有发出声音。野人们开始狂欢，边喊叫边跳着愚蠢的舞蹈。他们就像魔鬼一样蹦来蹦去，还猛烈敲击着我们的盛水桶。

从我的藏身之所，我能清楚地看到“加里冒险”号轮船。船正慢慢移动，船员们拖着大船往岸边靠。比尔带着二十名船员，全副武装，赶到现场。由于见过太多这种血腥场面，他们的反应十分平淡。或许因为和桶匠的关系最密切，达尔比·马林斯的反应最为激烈。

一半的船员原地散开，进入小树林，其他人则跟着基德寻找野人居住的村庄。不一会儿，我就听到了几声枪响，接着就看见丛林上方升起浓浓黑烟。我猜，我们的船员把野人的村子点着了。

一会儿之后，他们回来了，用一根长长的绳子捆了一大串黑人回来。他们把这些野人挂到树上，然后开始讨论如何处置他们。达尔比·马林斯要求把他们全部杀掉，但是比尔却认为应该惩罚真正的凶手。比尔希望他们能举报真凶，但是没有人懂他们的语言，所以我们根本没法沟通。

我亲眼看见戴着鲨鱼项链的那个人把桶匠杀死了，所以我站了出来，使劲抓他的小腿。

基德大喊：“太棒了，麦克。弟兄们，麦克是唯一的目击证人，他已经向我们指证了杀人凶手。麦克真是比皇家陪审团还厉害。”

达尔比·马林斯开了一枪，结束了这个杀人犯的性命。他从树上掉下来，直挺挺地躺在地上，一命呜呼了。

其他人还被绑在树上，在这期间，我们的船员已经把船上的水装满了。船员们还拿了一块不用的帆布，小心翼翼地包住桶匠的尸体，然后带回到船上。剩下的船员把树上的野人抽打了一顿，然后把他们赶回到村子里。

我们回到海上之后，船长叫来了所有人，为可怜的老桶匠读《圣经》。然后，船员在桶匠的腿上绑了一个八磅[19]的铅球，并将他放到栏杆的边上。

摩尔打破了忧伤的气氛，讽刺地说："我们的航行真是太幸运了。我们有一艘幸运的船，还有一位幸运的船长，船长就是现在宣读《圣经》的无赖。"他恶狠狠地瞪了我一眼说："还有一只能带来好运的猫。哪天我要抓起他黑色的脊背，摔死他。"

达尔比揍了摩尔一顿，摩尔倒在排水孔上。然后，摩尔踉跄着去跟船长要朗姆酒，比尔很痛快地给了他很多朗姆酒。

桶匠是一位老水手，人缘和口碑都非常好，所以他死后那几天，船员们都很悲伤。随后一周的那个星期一，我们遇到了一只装饰豪华的商船，船员们欢欣鼓舞。这艘船靠近后，我们发现这是一艘载货很多的船，而且船体保养不错。自从在约翰娜遇见东印度公司的五艘大船之后，这是我们遇见的最好的船。这艘船挂着荷兰国旗，只配备了几门甲板炮。

这艘船和我们并排时，我们的船员全部拿起武器，并准备放下两艘小船。比尔拿着望远镜，仔细观察着对面的船只。他突然叫大家停下手里的准备工作，然后倚在栏杆上。

他对大家宣布："那边的船是纽约的'忠诚船长'号，船长是霍尔。霍尔船长既是私掠船船长，也是商人船长，他还是我的好朋友。这艘船不是海盗船，霍尔船长不会做海盗。因此，我们不用喊话问话，也没有必要准备行动了。拴紧你们的小船，把武器也收起来放到一边。"

基德船长在说这些时，人群中爆发出叛乱的情绪。他们叫嚣着准备继续抢劫。摩尔喊道："你不想要土耳其地毯了吗？如果你不想去，我们去。”

比尔靠在栏杆上，面无表情地说：“如果你愿意，你可以去抢劫，我无力制止。但是，那样做的话，你就别再踏回这条船。你一下船，我就会沉了你的船，然后对你开枪。我警告你，你就算拼了命也登不上那艘船。霍尔船长是一位很英勇的战士，海盗和水手对他都是闻之丧胆，你最好不要不自量力！”

他们因此产生了分歧，展开了激烈讨论。一些人支持抢劫，另一些人则不赞同。听说过霍尔船长的老水手们都不赞同冒险。他们还没达成一致意见，“忠诚船长”号就开远了，摩尔生气地破口大骂，他也因此烧得更厉害。三个人把他按倒，然后拖回到床铺上。船医给他服了一些药，他慢慢恢复了平静。

剩饭桶

第二天是非常舒适的一天，天气没有前几天那么炎热，空气也十分清新。船员们的心情都不错，摩尔也躺在甲板上呼吸着新鲜空气。也许是因为发烧，也许是因为吃错了药，摩尔的身体看上去仍然很虚弱。艾贝尔·欧文把一桶剩饭倒了出去，然后把剩饭桶放在外面晾晒，并怡然地享受着早餐后的香烟。

我开始散步，看到剩饭桶就停下来仔细观察，突然感到一阵鱼鹰咬住脖子的刺痛。我知道这肯定是摩尔干的，这是我第一次对他没有防备，也将是最后一次。我转过身，开始反击。我拼命抓他的前臂，从肘部一直划到手臂，想划破他的血管。我的运气并不好，没有得手，他尖叫了一声并把我甩在了地上。我掉到甲板上，他开始踢我，疼痛从我的肋骨一直蔓延到脚趾。

比尔目睹了一切，立即冲到甲板上。他怒吼道：“你这个畜生！”然后抓起剩饭桶扔到了摩尔头上。摩尔躲了一下，但是躲得不够快，剩饭桶朝着他的头飞了过去。

摩尔手脚着地，趴在了地上，像被刀子刺了的猪一样打着滚，嘴里喊道：“他想谋杀我，伙计们，他想谋杀我。你们快来看看，他要无情地杀害我！”

达尔比·马林斯笑着说：“这是我见过的最能喊的尸体。来，小伙子，让我们把你放进棺材。”说着，他和欧文过来，把摩尔拖到了他的床铺上。

大家还没开始抬摩尔的时候，比尔已经把我抱了起来，然后带到了船舱里。他轻轻地把我放到他的枕头上，像护士一样轻轻抚摸着我。清醒之后，我觉得自己的情况不会太糟糕。比尔在我的肋骨处按了按，我知道自己有几根肋骨断了。虽然不太严重，但是我需要静养几天，哪里也不能去。

整整一天，比尔和巴雷库恩轮流坐在我身边照看我，以防我有什么需要。其实，除了睡觉，我什么需要也没有。我总能听见船员

们踮起脚尖走路的声音，不用看就知道他们是来看我的，不想打扰我。有一次我醒来时，看到比尔睡在一个硬硬的柜子上。为了不打扰我，他就这样过了一晚。这些场景都让我很感动。

第二天，布雷登汉姆来向船长做报告。

船医说："所有人的身体状况都很好，除了摩尔。摩尔死了。"

比尔激动地说："摩尔……死了？什么原因？"

船医回答："霍乱。这在我的预料之中。"

比尔不安地问：“我用桶打了他一下，这对他的死亡有影响吗？”

船医急忙解释：“不，没有影响。主要原因是高烧不退，常年酗酒也是一个间接原因。”

比尔拿出笔来，把摩尔的死记在了航海日志中，然后对船医说：“我们应该吸取教训。”

又过了几个星期，我们离开纽约已经整整一年零两个月了。我们终于俘获了一艘船。我们的坏运气一直萦绕在身边，事实证明，此次俘获根本不值得。这是一艘很小的摩尔人商船，大约有两百吨位，从苏拉特启程到马拉巴尔。这艘船挂着法国国旗，持有法国护照，所以这次劫掠是合法且正大光明的。比尔让船上的摩尔人都到大艇里去，然后带了一些船员到那艘船上，控制了军需官。这艘船并没有值钱的东西，只有两匹阿拉伯马、一些糖和几袋棉花。军需官把船上的东西卖给了海岸上的居民，我们的人平均只分到了一点点钱，仅够买一卷烟草。即使就分到这么点儿利益，每个人还是乐开了花，这真是有趣。

比尔也很高兴。“加里冒险”号已经遭受了严重的蛀虫侵害，漏水情况不容乐观，这艘船比我们的破船好多了。比尔严厉警告那条船上的军需官跟紧我们，这样我们匆忙弃船的时候就能有个归宿。

一个天气晴朗的早晨，船员又开始抱怨运气差。突然，我们的视野中出现了一艘巨型孟加拉商船。这种景象太美了，船员们简直不敢相信自己的眼睛。这艘船至少有五百吨位，船上装着满满的货物，挂着法国国旗悠闲、缓慢地航行着。

比尔立即命令挂出法国国旗，然后追赶这艘船。我们接近这艘船时，船上的人用英语和我们打招呼，他们非常高兴，对我们并没有疑心。比尔又下命令升起英国国旗，并命令对方的军需官登上我们的船。

很快，对方的军需官来了，一副垂头丧气的样子，对比尔说：“你是英国人。好吧，我要送你一份好礼。”然后，他递给比尔一本法国护照。

比尔认真读着护照上的文字，告诉他自己肩负的皇家命令，接着说：“现在，你们是我们的战利品了。”

比尔说完这句话，我们的船员全都欢呼叫好。比尔让巴雷库恩拿了一些马德拉白葡萄酒来，这个法国人大口大口地喝着，好像十分需要这种酒。

新得到的战利品叫“奎达商人”号。比尔把水手长和其他一些船员送到对方船上，然后靠岸把这些法国人放了下来。现在，我们也拥有一个小小船队了——“奎达商人”号、小型摩尔人商船和“加里冒险”号。

“加里冒险”号已经破败不堪，我们不得不在船外面固定三层缆绳把它捆住，否则它一定会散架。于是，比尔决定去圣玛丽，因为那里是最近的港口，也是我们可以修船的地方。圣玛丽港很安静，我们不会被打扰。不过，那个地方总是浓烟滚滚，我不喜欢那里，却没说什么。

只要一有时间，比尔就会让塞缪尔到“奎达商人”号上清点货物。塞缪尔喜欢做这些，他擅长算账、列清单。最后，他拿着粗略统计的战利品清单回到船上时，大家都觉得十分满足，甚至不敢相信有这么多战利品。

清单上记了几个金属板箱子、金块、银币和珠宝。战利品还包括两三百捆丝绸、印花棉布和平纹细布，九十吨糖，四十吨硝石，十吨烙铁以及象牙、香料等奢侈品。

比尔是最高兴的人。塞缪尔离开后，他兴奋地抱起我，把我往空中抛了两三次，好在我的肋骨已经长好了。他激动得在船舱里跳起舞来，伴随着阵阵叫声和笑声。

他对我说："麦克，你知道这意味着什么吗？这是我们的赎金啊，老猫！我们发的这笔财，能换回我们的自由！麦克，我们要恢复自由了，恢复自由！这次俘获的财富，可以偿还贪婪、高贵的雇主们在我们身上的投资，也能给他们带来巨大利益。剩下的就要归船员们了，他们也能改善生活。除了卸掉责任，我别无所求。想一想，麦克，我们可以再一次走在纽约繁华的街道上，可以再次成为自由正直、受人尊重的市民。"

伴随着一阵敲门声，塞缪尔又来了，由于喜悦和兴奋，他的眼睛瞪得圆溜溜的。他深鞠了一躬，自豪地说："威廉姐夫，我找到了最值钱的宝物。"

几个笑意盈盈的船员解开了一个卷着的大捆，把它展开在甲板上。这是一块华贵的土耳其地毯。

塞缪尔像一位大师一样炫耀地说："刚刚好有五乘七码。"这块地毯以蓝色为主，质量上乘，非常符合基德夫人的描述。在以后的航行中，我一直在这块地毯上磨爪子，我能感觉到这确实是很高档的产品。

塞缪尔颤抖了一下，问："莎拉姐姐不会不满意吧？"

比尔舒了一口气说："还不满意吗？塞缪尔，我想向你以及其他船员们宣布一件事情：除了这块地毯，'奎达商人'号上的其他战利品我什么都不要。无论是金子、丝绸还是象牙，你们想要什么就拿什么，把这块地毯留给我就行了。这就是我的幸福源泉。"

他让船员把地毯卷了起来，和珠宝箱子一起放在了他的船舱里。然后他把我抱了起来，放在了毯子上面。

他笑着说：“麦克，你要用生命守护这块地毯。你不知道这块地毯对我来说有多重要。如果不能实现基德夫人的愿望，那就永远都见不到她。你真是一只能带来好运的猫咪。”

乘着“加里冒险”号到圣玛丽真是一件费力的事情。一半的船员都在俘获的两艘船上，“加里冒险”号上的船员需要一直检查抽水机，确保抽水机每时每刻都能运作，因此这艘船上的人手明显不够。但是，“奎达商人”号上的财富让他们精神振奋。即使劳累，他们也没有怨言，而是心甘情愿地自觉换岗。

当然，海事法庭没有拍卖之前，我们不能瓜分俘获的船只和船上的散装货。不过，这需要船员们等待好几年。比尔决定立即把每位船员应该得到的金银分给他们。如果比尔不分，船员们也会疯抢，可能还会造成人员伤亡，所以比尔没有更好的选择。

比尔和塞缪尔花了两三天时间，才把金银珠宝按照重量分成均等份。其中有四十份留给船主，船上的船员们每人一份，比尔没有拿。比尔把一份份的金银珠宝都堆在船舱里的长桌上，这一场面相当壮观，这些宝物能值不少钱。

点到名字后，船员一个接一个进来。他们把自己应得的那一份装在帽子里，满脸笑容地走出船舱。船员们满心欢喜，感觉自己已经暴富。他们都对自己的运气感到满意，没有心思注意船和剩余的货物。

他们开始赌博，骰子不分昼夜地摇着。还没到圣玛丽，每个人手里的金银珠宝都已经换过好几次主人了，一些人并没有比捕获之前好多少。

离圣玛丽越近，我的心情越抑郁。比尔和船员们认为我们的坏运气已经离开了，但是我从骨子里感觉到，我们的坏运气一直都在。驶进港口时，我一点儿也不高兴。突然，我看见岸边停着一艘巨大的护卫舰。

比尔命令船员小心翼翼地驾驶着“加里冒险”号到平坦、水浅的沙滩。抽水机停止后，船就会下沉。但在这个地方，船不会下沉得太快。水手长在附近将“奎达商人”号停住，忧心忡忡地回到“加里冒险”号上。比尔和水手长站在那里研究这艘护卫舰，并没发现什么异常情况。

博泽说：“那应该是‘莫卡’护卫舰，船长是库利福德。”

比尔说：“库利福德？是吗？说得好听一点儿，他是一个海盗，一个自大狂，一个大骗子。我还在私掠船上时，他曾经是我的舵手。在一次捕获行动中，我命令他开船，他却变成了海盗，把船偷走了。对此，我算是给了他新的开始，咱们祈祷他念念旧情，感激感激咱们吧。”

对于船员而言，这艘船意味着一笔巨大的财富。“加里冒险”号和“奎达商人”号上的船员迅速聚到一起，叫嚣着要到那艘船上去搜刮一番。于是，他们纷纷登上小船，向那艘大船靠近。由于不知道我们会把他们怎么样，护卫舰上的船员们一开始都躲进了树林里。现在，他们又从树林中冲了出来，又喊又叫地跑过来。一会儿的工夫，他们和我们的人都登上了护卫舰。他们没有展开激烈斗争，而是在那里尽情享受着朗姆酒，肆无忌惮地赌博狂欢。

比尔苦笑着说：“我接受了指令，也有义务去逮捕这些海盗。但是，我们现在却不具备条件。”

水手长环顾四周，看了看空空的甲板。甲板上，除了他，只剩比尔、欧文、塞缪尔和巴雷库恩。他边数边说：“我们这里只有三个男人、一个男孩、一只猫，还有一个‘药罐子’。我们这些人也就只能俘获一只小的运河船，而且那条船上的船员还得年老体衰。船长，如果我们就这样迎上去，那就是自找苦吃。”

比尔赞同他的说法：“的确如此，我们确实应该好好准备一番。”

比尔又把大家召集在一起，把小型武器都堆在仓库里。他们搜查完毕之后，共找到了四十支步枪和散弹枪、三十多把手枪，还有一堆弯刀、匕首。除此之外，还有三桶火药、满满一篮子手榴弹、两桶水和一桶吃的。完成搜查工作时，太阳已经下山了，此刻我们的船舱看起来就像一个兵工厂。

比尔让巴雷库恩和塞缪尔整理武器，让博泽和欧文站到一边，然后说道：“水手长，我还有一个任务交给你。我这里有一个小箱

子，这是我的全部家当，也是我最值钱的宝贝。里面有不计其数的金银钱币，这些都是我从纽约带来的。里面还有我为了完成此次任务而接受的命令和秘密指令，当然我的航海日志也在这里面。为了安全起见，我想把它交到爱德华·韦尔奇手里。你对这片岛屿很熟悉，应该知道他的住所吧？”

博泽说："是的，长官，我对这里了如指掌。你说的那个地方就在丛林后面，离这里大约有五英里[20]。大约一小时之后，天就要黑了，那也是落潮的时候，所以我能和欧文涉水上岸。我们会安全到达那里的，不用担心。"

比尔说："好的，感激上苍，还留了两个这么忠诚的船员给我。"

博泽看了看海面，看了看"莫卡"护卫舰所在的地方。黄昏中的护卫舰若隐若现，但是船上的欢呼声、争吵声清清楚楚。博泽说："船上赌博的人中，有一些人非常忠诚。可一旦他们输掉了自己手中的钱，丢掉了自己的精神支柱，就会变成海盗一样的人，甚至会无恶不作。手头资金不足的时候，他们容易动歪念，容易惦记我们船上的财产。所以，对待他们，我们一定要格外留心。"

比尔十分赞同，他接着说："那将会是一个危急时刻。我们肯定要全副武装、沉着应战。但是，我们的人太少了，很难以少胜多啊！"

水手长接过话说："我一直在想这个问题。船长，如果你同意，我和欧文护送完秘密宝箱之后，可以潜入对方的阵营中，假装成他们的人。那里还有些本质善良的船员，我觉得可以在他们身上下功夫。或许，我们能因此避免战争，至少也能给这边通风报信，使我们可以清楚掌握对方的一举一动。而且，我们会一直对他们进行言语劝解，劝那些本质还不坏的海盗弃恶从善，加入到我们的队伍里。"比尔对此非常赞同。

博泽和欧文之前把自己分得的财产用手帕仔细包了起来，这时，他们拿出那个手帕交给比尔。博泽说："这是我们的财产，我们想把这些财产交由你保管。这也是一种安全的做法。如果我们不能劝退他们，或者由于别的原因失败了，希望你把这些财产转给麦克·德莫特，让他能安度晚年。"

潮水渐渐退去，我们脚下的沙滩渐渐显现。博泽和欧文小心翼翼地跳入水中，水只到他们的胸膛。比尔把箱子郑重地交给了他们，并祝他们好运。他们二人慢慢走向岸边。

我们也安静下来，为晚上的战斗做好准备。我们每个人手里都拿着武器，紧紧关闭每个门窗，整个船舱立即变成了蒸笼。巴雷库恩是第一个站岗的人，比尔是第二个，塞缪尔是第三个。黑天之后，我的视野更加开阔，看东西也更加清楚，因此无论谁站岗，我都一直陪着他们。

背叛者和库利福德船长麾下的船员们在岸边围着篝火尽情狂欢。一段时间以后，他们一个个回到船上去睡觉。唱歌声、欢呼声渐渐平息，篝火也渐渐熄灭。随后就只能听见夜晚的声音：饼盘大小的青蛙此起彼伏地叫着，鳄鱼不甘示弱地发出声响，夜莺一直唱着欢歌，无数种昆虫都在夜色中奏响自己欢快的节奏。一切都是那样美好。

从那些人的状态可以判断，这个夜晚没有危险。每次小巴雷库恩值班的时候，他都会困得一直点头，我总是用爪子抓他的肩膀或者耳朵，这样才能把他叫醒。不管怎么样，那一晚总算是平静地度过了。

滞留圣玛丽

第二天早晨，比尔站在甲板上时，一颗子弹飞了过来，射在离他不远的栏杆上。他观察了一番，发现我们已经被包围了。他们想把我们留在闷热的船舱中，任由我们在两个星期的炙烤中热死。看上去，那些叛兵并不想开枪打我们，只是想用这种方式置我们于死地，打到栏杆上的那枚子弹纯属偶然。

几天之后，我们开始了第一次真正的交锋。对方有两条小船划到我们的前方，正好对准我们的餐厅入口，其他人则绕到了船尾。他们想这样把我们围住，但是我们比他们幸运。或许是喝了太多朗姆酒，或许是脑子不太好用，他们的计划没能实施，因此我们取得了胜利。

前一天晚上，比尔已经下令在甲板上安装四五门卡隆炮。他们划着船靠近我们时，比尔对着他们一连发射了几门炮弹。他还往炮里填上霰弹、生锈的铁钉和废铁，这些东西足以把那两条小船炸得支离破碎。其中一条船立即翻沉，船上的人挣扎着乱成了一片。好在水不是很深，他们搀扶着颤颤巍巍地回到了护卫舰上。

同时，小巴雷库恩一直独自对付着第三艘船。虽然是新手，但是他的操作十分熟练。他从船舱的桌子上拿了一支又一支上好子弹的步枪，把它们架在船尾载货门上，谨慎地瞄准小船上的人然后开枪。船上很多人因此而丧命。他在这里打完之后就去了船尾，小船上划船的人已经四仰八叉地躺在船上，小船也任凭海浪的推动在海上漫无目的地漂流。比尔抓起一个手榴弹，用牙齿拉出了后面的引信，点着之后扔到了海里的小船上。伴随着巨大的轰鸣声，小船的碎片四处飞扬，垃圾、残骸全都炸到了空中。

比尔拍了拍手上的灰尘说：“结果就是这样。”

狄克·巴雷库恩踉踉跄跄地走出船舱，被空气中弥漫着的火药烟雾呛得不轻。他的脸上留下了子弹的划痕，上面的血迹还没有干。但是，他笑得特别开心，对船长说：“船长，他们真是不堪一击。我们的胜利太容易了，今晚的鳄鱼们可以开烧烤盛宴了。”

战斗通常会激起比尔的幽默感。他拍着狄克的肩膀，充满感情地说：“干得好，小伙子！如果我们的船队中有五十个像你这样能干的人，那么我们就会力大无比，能轻而易举拿下任何一艘护卫

舰。”说完这些，比尔让塞缪尔给用过的枪上子弹。可能是因为害怕打斗场面，塞缪尔一直哆嗦。我非常担心他会把子弹吞到肚子里，或者把药丸当成子弹放进了枪里。

我们举办的特殊“招待会”看似让对方闻之丧胆，一段时间内都不敢再发起进攻。但是，他们还会时不时地向我们发射炮弹，只是没有任何威慑力。

在我们到达圣玛丽前的几天，我们的战利品摩尔商人的小船和我们的大船失去了联系。现在，这艘船再次出现在我们面前，并在附近停泊。船员们迅速登上了“莫卡”护卫舰，舵手过来做报告。看到我们的处境后，他流露出担忧的表情，同时对海盗们的行为表示不满。

舵手说：“船长，我从没见过这种无赖，他们真是恬不知耻。和你们失去联系之后，我们遇到了一艘葡萄牙小船，这些叛徒根本不听我的指令，像疯狗一般洗劫了对方。他们真是没有教养。他们还收走了我的武器，把我关押起来，并派专人持枪看着我。所以，我不能干涉他们抢劫这艘葡萄牙小船。如果他们会开船，我就再没有利用价值，早就被扔到大海里喂鲨鱼了。他们大费周折，最后得到的只是廉价的纱布、棉布，三十罐变质的黄油，还有一些蜂蜡。”

比尔控制不住地吼了起来：“又是蜂蜡。我们已经经历了两次由蜂蜡引起的不利战斗。这些没有脑子的东西又背叛了我们。如果他们哪天被摩尔人活捉，我希望摩尔人能把他们放在蜂蜡中蒸煮致死。”

比尔认为，舵手最好也像博泽和欧文那样潜到对方阵营里。他对舵手说：“如果多派一个人过去，对我们会更有利。有几个忠诚的人在敌方阵营里探测情报，能发挥极其重要的作用，你们也能相互照应。如果遇到了库利福德，希望你能跟他提一提我曾经对他多么好，希望他能知恩图报。当然，他也可能根本不念旧情。”

舵手感到愤愤不平，心里还有些不情愿地划向护卫舰。在这艘小船的船头上，他挂了一面白色的旗子。

接下来的十天里，我们的心情十分压抑。在令人难以忍受的蒸热中，我们汗流如注。即便如此，我们仍然日夜巡视。对于两个半人和一只猫而言，这样一点儿都不好玩。我们能看到库利福德的船上人员充沛，每个人都卖力地工作，有的人修饰、打磨长矛，有的人蓄水，他们在为再次出海做准备。也正因为如此，他们没有时间再向我们发起进攻。

然而，日出前的一个早晨，他们向我们发起了进攻。

水面上还有一层薄薄的雾气，当时是比尔值班，他已经困得快要睡着了。我听到了划桨的声音，还有武器碰撞的声音，但是却什么也看不见。我急忙在比尔的脖子后面挠了挠，我又飞奔着进了船舱，把其他两个人喊了起来。

虽然我的速度很快，但是我回到甲板上时雾气已经消散了一些，我们能清楚地看到对方的船只。他们有很多人穿过了海港，有三四艘船冲出水湾绕到了我们的船尾。很显然，这是一次大规模袭击。对于我们而言，形势十分不利。

比尔拿出旗子，升到了船顶，然后靠到舷墙上观看他们的行动。他把我抱了起来，轻轻地挠着我的下巴。

他说："老猫，我想今天会有个结果吧。从此以后，我们将结束痛苦、多难的航行。你注意保护自己，不要被射中。我们要和他们徒手相斗，到时候塞缪尔会拼命保护你。"他拔出剑，比画了几下，准备决一死战。他接着说："现在，国王的命令没有任何价值。让我们祈祷他赐的剑能发挥一点儿作用。"

狄克·巴雷库恩仍然守在尾门处，向敌人射出一阵阵枪林弹雨。比尔根本不在意身边呼啸而过的子弹，仔细检查导火线，并向着敌船发出了第一枚炮弹。

"莫卡"护卫舰也有了回应，有两颗炮弹打在了领头船前方的水面上。比尔继续发射炮弹，对方陷入困境，并调转船头。他们喊叫着，甚至被自己的步枪击中。

接着，有两艘大船向我们驶来，船上都是库利福德的人。他们绕过敌人的船只靠近我们，船上那些丑陋的逃兵亮出明晃晃的弯刀。不过，也许是想弄清楚情况再出手，他们又把船开到了岸边。

这时，一条大船停了下来，一位水手向我们喊话："长官，我们代表库利福德来问候你，希望你能赏脸到护卫舰上和他谈一谈。"

比尔立即对他们发炮，然后喊话："麻烦你转告库利福德，基德船长欣然接受邀请。我在半小时内就能准备好，但是我需要一艘小船。我的船被盗了，麻烦你们提供一下。"

比尔匆匆跑回船舱，洗完澡刮完胡子之后，穿上了他最好最新的制服。他把国王送的剑别在腰上，小巴雷库恩奉劝他带上装满子弹的手枪，但是比尔拒绝了。比尔还做了一根长长的导火线，连到炸药桶上，把放着财宝的箱子压在了炸药桶上。

比尔命令道："巴雷库恩，我离开后，你负责这条船。如果你看到了战斗的迹象，或者我在合理的时间内没有回来，你就点着导火线，然后游到岸边躲起来。他们可以控制我，但是他们永远得不到财宝。如果库利福德袭击你们，鲍德里奇国王或者韦尔奇可以保护你们。塞缪尔可以做他喜欢的事情。我要带走麦克·德莫特，我需要他的建议。祝你们好运！"

这时，护卫舰派来了一艘小船，正向我们驶来。库利福德在护卫舰的舷梯上等着我们，和比尔一起到了船尾楼甲板。他穿着一条背带裤，身上戴着很多抢劫来的装饰品。他胡子拉碴，鞋带脏得无法直视。他的穿着像女清洁工的衬裙一样显得不伦不类，而且满身都是泥污。

比尔在一张舒服的椅子上坐了下来，把我放到膝盖上，希望我能给他一些建议。虽然库利福德这个人臭名昭著，但是我没有感觉到任何危险。他仅仅是个大嘴巴的野蛮人，粗鲁愚蠢。虽然处境相对安全，但是比尔有些不安。

我轻轻地在比尔腿上挠了挠，这让他放松了许多。环顾这艘巨型护卫舰的甲板，然后看到库利福德破陋的配饰，比尔差点儿笑出声来。

比尔对库利福德说："军需长，看来你这几年混得不错啊！"

库利福德笑着回答："是的，船长。人们都称我为库利福德船长，但我永远都是你的舵手。事实就是如此。"他局促不安地挣扎了一会儿，然后说出了憋了好久的话："基德船长，在你俘获战利品时，我曾经犯了一个巨大的错误。我把'圣威廉'号开走了。我

对不起你，我欠你一个道歉。”

比尔说：“道歉有用吗？你还抢走一大笔财富吧！过去的事情就让它过去吧。我们那时候都年轻，也都头脑简单。”

库利福德连忙说道：“太感谢你了，船长。我以前的手段很卑鄙，但是我却借此开始了新生活，我真的非常感激你。当然，我也不是白眼狼。那天早晨，我派人镇压了海盗对你们的袭击。我也一直在这里帮你守卫战利品，还阻止你的船员抢夺战利品。明天我就要开始新的航程了，所以留给你一个很好的机会。你把你的船员带到船上吧，让他们干自己该干的事情。”

比尔说：“库利福德，你真是慷慨大方，感人至深。我现在的船员只有两个人和一只猫。我现在的确是人手不足。”

库利福德走到甲板上，用粉笔在甲板中间画了一条线，船上的人全都来看热闹。比尔和库利福德都站在了船尾楼栏杆前。库利福德又拿出了两把很大的枪。

他大声喊："每个人都有权利选择船长，我不会干预这件事情。想继续跟着我，争取最后一次发财机会的人请站在左舷这边。"大多数人都站到了那一边。

比尔严肃、冰冷地说："你们听好了。如果你们想回到'加里冒险'号上，我会给你们安排相应的职责，你们仍然能拿到属于你们的那一份财富和货物。我保证，不会把你们交到司法机关，不会让你们受到惩罚，更不会让你们的生命受到威胁。对于曾经抢劫了蜂蜡的人，我不会把你们送上绞刑架，更不会让你们死无全尸、葬身荒野。"

船员们开始叫嚣着、讨论着，一段时间之后，库利福德向空中放了一枪，所有人都安静下来。结果显而易见，只有十二个人站到了基德这一边，博泽、欧文和水手长站在最前面。其余的九十七个人全都站到了库利福德那一边。

比尔预料到了结果，平静地说："库利福德，你以绝对优势获胜。希望你是一个幸运的人，不要被他们连累。我希望这些人渣永远不要再出现在我的视野中。如果他们锒铛入狱，我可以去看看他们。"

随后，基德和库利福德坐了下来，一起聊过去的时光，同时喝着美味的葡萄酒。除了水、青橙和糖，这里没有其他吃的。对于我来说，这些食物都十分不合口味。所以，库利福德差遣一名船员到岸上给我弄一些牛奶和朗姆酒。这是这段艰苦日子里最好吃的一顿饭。

过了一会儿，达尔比·马林斯过来了，他的声音有些颤抖地对基德船长说："对不起，船长，我离开了你。但是，我不得不离开你。我已经身无分文了，不能毫无希望地等一年甚至数年，时间太长了。跟随你之前，我从来没有这么差的运气，也从来没遇到这么不走运的地方。”

比尔微微一笑说：“很遗憾，达尔比，我们会想你的。如果你的脑子能再好用一点儿，你就会有更好的发展。祝愿你发大财。将来，我会在纽盖特监狱见你。”

“莫卡”护卫舰在黄昏之前离开了，留下我们孤独地遭受着热浪的炙烤，孤寂地与肮脏的港口为伴。“加里冒险”号实在是太破旧了，只剩一堆没用的残骸。“奎达商人”号需要很多人才能航行，我们现在只有十三个人，其中还包括我和塞缪尔。韦尔奇来拜访我们，却没有带来好消息，使我们的处境更加艰难。

韦尔奇说叛变的船员突然闯进他的房子，抢走了比尔的宝物箱，把里面的一切都拿走了。他的航海日志、金钱、书信和秘密指令也都遭到了抢劫。

虽然这是一个坏消息，但是此时的比尔不能被任何消息击垮，他还要指挥船员们搬船。他做的第一件事就是把“加里冒险”号上的物品搬到“奎达商人”号上。比尔把所有有价值的东西都搬了，包括枪、弹药、长矛等。搬完东西后，“加里冒险”号只剩一个空架子，比尔放了一把火，“加里冒险”号瞬间着了起来，不一会儿，火苗蔓延到了岸边，点着了岸上的丛林。烈火浓烟为这个破蔽的港口增添了几分恐怖。

火苗在丛林上方疯狂地吞噬着树冠，比尔倚靠在“奎达商人”号的栏杆上，笑得有些苦楚。他说：“麦克，我驾驶过的船中，‘加里冒险’号是最不走运的一艘。希望大火能同时把我们的厄运烧掉，希望我们能从此走运。”

以现在的情况看，厄运并没有终结。

“加里冒险”号着完之后，基德船长又命令我们把剩下的铁制品等东西搬到了“奎达商人”号上。塞缪尔列了清单，详细记录每一件物品的名称、数量，从成捆的丝绸到生锈的螺栓、铁钉，一切都历历在目。我们没有立即起航，而是开始招募船员。我们一直坐在闷热的空气里，汗如雨下，焦急地等待着。五个月过去了，我们依然没有凑齐人手。这五个月真漫长啊，每次只能签一两个人，最多六个人，而且他们还是碰巧在圣玛丽附近徘徊。

招募的人中大多数都是海盗，他们鱼龙混杂。一些人带着满满的家当箱子，一些人一穷二白，一些人受过伤，还有一些人身上带病。其中一些人曾经是船员，还有一些人曾经是摩尔人或法国人的俘虏。无论出身如何，他们都有一个共同的愿望，那就是通过这种途径重返文明世界，因此他们愿意到这条船上来。

其中一名获得自由的俘虏经历了一段悲惨的故事。他曾经被人用铁链子绑在船桨上，脚踝上铁链的痕迹依然很明显，后背上的鞭痕触目惊心。他的精神似乎有些错乱，总给人一种恍惚的感觉。说话的时候，他总是哭喊着说些模糊的语言，听起来像狗的呜咽。他从没有说出一句完整的句子，所有人都以为他是哑巴。有一天晚上，我躺在船尾楼栏杆前，他暗中监视了我一段时间。突然，他尖叫着跳了起来，号叫着：“图船长的猫，图船长的猫，麦……麦……麦克……德……德……德莫特。”他跪在我面前，胳膊摊在甲板上，号啕大哭，然后喃喃自语道：“图船长的幸运猫，麦克·德莫特！幸运的麦克·德莫特！图船长死了，斯达林死了，我也死了。麦克·德莫特还活着，莫克和可可也活着。我已经死了。”说完，他悲恸地在甲板上放声大哭。

当听到他说“图船长死了”时，比尔立即跳了起来。他哭喊

着，咆哮着，拼命摇晃着那个人的肩膀。比尔一直审问着他，希望了解事情的来龙去脉。

原来，他是图船长的一名老船员，名叫迈卡·詹金斯。在纽波特的一个酒馆里，他输光了所有积蓄。因此，他劝说图船长进行最后一次航海。他们袭击的第一艘船十分凶悍，战斗还没开始，图船长就被对方射中了。图船长倒下以后，船员们如惊弓之鸟，不知所措。他们全都退缩到船舱里，只有狄克·斯达林英勇作战。虽然只有一只胳膊，但是他毫不畏惧。他拿出弯刀，快刀斩乱麻地解决了五个敌人。最后，他也牺牲了。

之后发生了什么事情，迈卡就说不上来了——他不知道自己怎样沦为了奴隶，怎样获得了自由，怎样漂流到圣玛丽。或许由于太激动，他的思维出现了混乱，也出现了空白。过了一会儿，他平静之后又想起来一点儿：图船长卖掉了“船长休息室”，恢复了莫克和可可的自由，并立下遗嘱把所有钱财捐给普罗维登斯的一个传教会。总之，汤姆·图的做法有些不同寻常。

比尔和图船长是旧友，他沉浸在朋友的死亡消息带来的悲伤中。我也很伤心，我曾经指望着在“船长休息室”安度晚年。当然，珍珠街的地下室也不错，但是基德夫人那双毫无神采的金鱼眼让我觉得自己的晚年不会安生。

那一晚，空气似乎停止了流动，闷热的蒸汽比平时更有灼烧感，昆虫的叫声更加频繁，听得人心烦意乱。岸上的居民正在准备庆祝仪式，他们一刻不停地欢呼喝彩，还伴随着阵阵不和谐的乐器声。牛蛙和夜莺的叫声闷闷不乐，简直就是哀乐。比尔浑身都被汗水打湿，悲伤、安静地坐在那里发呆。

狄克·巴雷库恩来到船尾，边拉小提琴边唱：

他把自己的最爱留在了哈瓦那，
哟，吼，罗伊·奥莫尔，
他在约翰娜失去了一条腿，
轻轻地，哟，向我走来。

迈卡·詹金斯又开始语无伦次地说话：“图船长死了，图船长死了。一只手臂的狄克死了，我也死了。所有人都死了，都死了……”

他在加那利流连徘徊，
哟，吼，罗伊·奥莫尔，
他把尸骨留在圣玛丽，
轻轻地，轻轻地，向我走来。

比尔站了起来，大声喊道：“无论你们以前是不是我的船员，我们现在都是一个集体。明天黄昏，我们就出发航海。我们不能在这里热死，也不能天天在这肮脏的环境里等死，我们要驶向洁净的大海。出发！”比尔找到博泽，说了自己的想法。博泽对此十分赞同。

博泽说：“我们或许会遇到困难，而且人手严重不足，但是我们能克服一切，至少我们无所畏惧。船长，你的灵魂能在大海里得到安宁，巴雷库恩和老猫也可以。其他人都没有资格。”

离岸前行

我们的船已经在圣玛丽待了漫长的五个月，是时候该起航了。第二天早晨，所有人都行动起来，一起把锚拖出淤泥。船上的每个人都把肩膀抵在绞盘上，连厨师欧文、塞缪尔和比尔都上阵了。他们使劲时，我抓或咬他们的脚踝，帮他们加油。最终，我们把满是泥泞、散发着臭味的锚从水里拖了出来，水面顿时沸腾了，冒着难闻的沼气泡泡。我们费了九牛二虎之力，好像杂草和淤泥并不想让我们走。每个人都是心甘情愿地劳动，即使花了很长时间也毫无怨言。最终，我们的船动了，驶进了大海。

由于人手不足，我们用了很长时间才起航。幸运的是，博泽的指挥非常到位。我们没有遇到坏天气，一路上都扬着帆。事实证明，“奎达商人”号确实适合出行，只是船底容易附着各类植物，就像野草丛生的水上花园。

绕过好望角之后，我们终于到达清澈的大西洋水域。每个人脸上的黑黄颜色都渐渐消退，我们再也不是浑身赤红的行尸走肉，都逐渐恢复了生命力。即使是怀疑自己已经死了的迈卡·詹金斯也出现了好转，一直说着再次回到纽波特的情景。塞缪尔的药吃完了，因此闷闷不乐。他可能觉得自己快要死了，因此精神萎靡。我却觉得，他不吃药反而会更好。

比尔的变化最明显。他确定我们的坏运气已经消失了，我却不赞同。虽然我觉得坏运气还没走，但是看到比尔高兴、放松的样子，我依然觉得高兴。我们正在往西印度群岛行驶，希望能补充一些水源，同时招募一些新船员。到了北方群岛后，比尔对着塞缪尔的清单把所有货物检查了一遍，这用了整整一天的时间。

那天晚上，比尔舒服地半躺半坐在船尾楼甲板上的椅子里，把脚搭在栏杆上。我趴在他的膝盖上，他一边抽烟一边挠着我的下巴，看上去十分满足。

他说：“麦克，我们的磨炼和灾难都已经结束了。虽然我们一直不走运，但是我们没有损失太大。现在，我们的子弹、珠宝大约能值一万英镑，船只和货物值八万英镑，我们大约有九万英镑可以分给股东。当然，他们不会满意。他们总是贪婪的，总希望能得到国王的王冠、教皇的黄金座椅或者月亮这些永远得不到的东西。但是，每个人能分好几百英镑，他们应该知足了。

“除了那些叛徒船员不听命令，发动了两次抢劫以外，我还算是一个合格的船长。我无力阻止他们，只能任其胡作非为。我要严格执行自己的任务，但是我没有遇到海盗，所以就没有抓到，这能怪谁呢？哦，不，除了库利福德船长。在那种情况下，我不能抓捕他们，这你也知道。

“我的老猫，如果我那些雇主不能欣喜若狂，倒也不至于抱怨我。我为他们带来了利益，他们没有理由抱怨我。我也没做任何不利于红海贸易的事情，所以兄弟同盟会的成员和那些令人尊重的商人也应该很高兴。在这里漂泊了三年，我也不觉得遗憾。虽然遭受了经济损失，忍受了不可告人的贫穷，但是我终于要摆脱这残忍的一切了。只要能得到这个结果，我遭受的一切就不算什么。而且，我得到了土耳其地毯，这值得我付出三年时光。”

狄克·巴雷库恩上来了，他拉着欢快的小提琴曲子，一些人跟着曲子唱起了歌。比尔又点着了一袋烟，心满意足地打着呵欠。

比尔接着说：“生活会变得很美好。在一个暖春的夜晚，我会沿着小镇的大街散步。樱桃花开得正灿烂，富裕的家庭里在打着保龄球。我还会坐在树荫下，和尼克·巴亚德、德兰西或者宾荷尔安静地饮酒，一起欣赏海鸥在东河的浪潮中飞舞打转。

“你知道吗，老猫？我在哈勒姆附近建了一座避暑山庄。那是一个舒适的小天堂，远离印度人的威胁。到时候，我带着你到那里去。基德夫人喜欢城市生活，就让她铺着土耳其地毯在城市里生活吧。现在，贝雷蒙特爵士应该住在总督府里。这些原因使我相信，哈勒姆的空气更湿润，还有股甜甜的味道。”

这真是一种美好的憧憬。我双腿交叉着趴在他的膝盖上，安心地打着盹，因此没有挠他。为了鼓励他，我发出了更大的呼噜声。

第二天，我们看见了陆地，就像地平线处一个蓝色的大三角。比尔推测，那就是安提瓜岛。过了一会儿，我们看到了远处的暗棕色船帆，看样子是领航船或者运货船。所有人都站在栏杆处，想象着船上的新鲜水果，垂涎三尺。这艘船靠近时，比尔向对方打招呼，告诉他们自己的名字和我们船的情况。对方的反应很奇怪，仿佛遇到了瘟疫一般，立即扬起了所有的帆，以最快速度避开了我们。比尔有些困惑，但是没有太多关注，继续朝着安提瓜岛前进。

下午三点左右，我们看到了一艘船驶出了安提瓜岛。这条船没有避开我们，而是和我们并排走。船上出现了一个好像粗枪桶的人，他气喘吁吁地在栏杆上爬上爬下，像海豹一样笨拙地爬到了船边。他是一名来自安提瓜岛的商人，名字叫博尔顿。比尔和我都很了解他，图船长和他做过几笔交易，但是做完之后都深感后悔。

他坐在椅子上，喘息着说："基德，你会像其他同类一样说话算数吧？"

基德觉得莫名其妙，皱了皱眉头问：“说话算数？博尔顿，你是在开玩笑吗？我听不懂你说什么。”

博尔顿含糊不清地说：“你应该很了解海盗。我已经和很多海盗做过交易，如果你船上有战利品，我想和你做一笔交易，但是不能在这里，安提瓜岛太招人注意了。我们要找一个安全的地方，这样当局才不会干涉我们。”

比尔突然站了起来说：“抱歉，博尔顿，我还是比较困惑，你说海盗是什么意思？我已经在海上漂了很长时间，已经不知道现在的局势了。你能说得再明白一点儿吗？”

博尔顿说：“没问题，那我就给你说说新闻。过去几年里，你一直是海盗吧？听说你没放过任何一艘摩尔人的船，还让他们的船员走跳板；你袭击了麦加舰队，还想抓捕东印度公司的人；你谋杀了一名军官，还屠杀了成百上千的当地居民。

“这都不是新闻了，真正的新闻是你被通缉了。所有岛屿和殖民地的法庭，都发出了布告要逮捕你。每一位官员都得到命令，逮捕你及你那些凶残的船员。‘昆伯勒’驱逐舰和两艘牙买加护卫舰正在这片水域搜捕你。”

比尔激动地喊道：“该死的，这真是太荒谬了。你知不知道我接受了国王的命令，捕获所有带有法国国旗的船只？我只捕获了两艘船，他们都是法国船只。我这里有军令状，还有这两艘船的法国护照。到底还有没有王法？说我是海盗？你说的那些都是胡话，都是无稽之谈。”

博尔顿站起身来，边往舷梯走边说：“这些话，你还是去告诉法官，或者告诉纽约的贝雷蒙特爵士吧。我知道的已经告诉你了。作为朋友，我劝你离这些岛远一点儿，只要你踏上这些岛，就会立即被捕。如果你想交易，那咱们就去蒙娜岛吧，到那里得两个星期。那个岛位于伊斯帕尼奥拉岛和波多黎各之间。那里荒无人烟，是我敢和你交易的唯一地方。”

那天晚上，比尔一直在船舱里来回踱步。他愤怒地嘶吼着：“我，威廉·基德，是一个海盗！我是一个叛徒！我是一个杀人凶手！我必须立即见到贝雷蒙特和利文斯顿，讨论一下这件事情，澄清自己。”

贝雷蒙特在纽约，想要见他谈何容易。我们缺吃少喝，人手不足。船上的多数人只签约到附近的岛屿。他们都是老海盗，不想到大陆过拘谨的生活，更不想落入贝雷蒙特及其党羽的圈套。

比尔确定了航线，往丹麦的圣托马斯岛航行。我们到那里申请庇护，却遭到了拒绝。那里只让我们补充一些淡水资源，仅此而已，他们不想和英国人有任何交集。在那个地方，我们有八名船员私自逃跑。

自从看到陆地，塞缪尔就想到岸上去买药。他的药已经吃完了，他觉得自己不吃药会死掉，于是一直哀求比尔让他上岸。比尔忍受不了他的唠叨，便让他上岸了。

比尔对水手长说：“送他上岸，然后回来。”博泽放下一艘小船，高高兴兴地送塞缪尔上岸。塞缪尔带着衣服、《圣经》和空药瓶子上了岸。

比尔心酸地笑着说：“既然我已经是一个十恶不赦的海盗，那么再做几件坏事也无妨。”

我们在这些岛屿之间徘徊，希望能买些食物，并招募一些新船员。但是，情况依然不容乐观，我们仍然一无所获。无论是官员还是商船，都不敢和我们说话。小贩船和渔船像躲霍乱一样躲着我们。我们的船员不增反减，在每一个岛屿周围，只要有机会就有人逃跑。到达蒙娜岛时，我们只剩下二十八名船员，其中十八名是来

自圣玛丽的乘客，他们坚决拒绝到任何一个殖民地。

一两天之后，博尔顿出现了，他驾着一艘名为“圣安东尼奥”的单桅帆船。比尔向他讲述招募船员的艰难经历，博尔顿则建议比尔买下他这艘小船，这样就不需要太多人手。他说：“这艘船不需要太多人手，对你和剩下的船员来说都很合适。我可以低价卖给你，然后帮你照看‘奎达商人’号和上面的货物。我会把它藏在这个海湾里，保证它安然无恙。我可以跟你签订协议，保证你的船和货物安全。”

博尔顿不怀好意，我感到他在欺骗比尔，于是用爪子在比尔的大腿上使劲挠。但是，比尔轻轻摸着我的耳朵，似乎有些绝望地说：

“是的，是的，麦克，我知道，我知道，但是我没有别的办法。”

博尔顿给他的小船开了价钱，这个价钱是正常价钱的三倍。为了不损害股东的利益，比尔用自己的钱支付，还搭上了几捆丝绸。他们签了一份听起来好像合理的协议，博尔顿又是签字又是许诺又是发誓地想让比尔放心。我觉得，这些东西根本没有用。

比尔接着就把船上的衣服、文件、珠宝箱和土耳其地毯搬到新船上。十八个人留在“奎达商人”号上，博泽、水手长、狄克·巴雷库恩、欧文和几个最出色的船员与我们待在新船上，总共十个人。

夕阳西下时，我们出发了。我们驶出港湾时，发现“奎达商人”号确实藏得很好，在水面上根本看不见。比尔斜靠在船尾栏杆上，看着远处的岛屿渐渐消失在黑暗中。

比尔叹息着说：“我就像把一个刚出生的孩子扔进了孤儿院，但是我别无选择。”

我也有同样的感受。对于博尔顿，我们的预感是对的。从那以后，除了博尔顿和安提瓜岛的商人，再没有人听说过“奎达商人”号，也没有人听说过上面的货物。

比尔一心想见贝雷蒙特爵士和利文斯顿，因此我们前进的速度一直很快。六月十三日，我们抵达斯塔顿岛。两年零九个月前，我们曾驾着“加里冒险”号在这里停泊。

我们的船还没有完全靠岸时，突然出现了一艘小帆船。船上的菲律宾船长递给比尔一封信，然后迅速驶离了我们。拿到信后，比尔到船舱里大声读了起来。

亲爱的威廉：

作为老朋友和你最忠诚的朋友，我劝你不要去纽约。贝雷蒙特去了波士顿，现在由他的表弟南范副州长掌权。这个人恨透了海盗，因此总会给海盗找麻烦。你也不要去找利文斯顿，他正躲在哈

德逊河的某个地方观望形势。几周以前，贾尔斯·雪莱在圣玛丽抓了一些“加里冒险”号上的逃兵，并把他们带到了泽西海岸。还有一些人被当局抓获。他们夸张地描述着你的罪行，甚至对此发誓。他们真是狼心狗肺，谎话连篇。

我建议你马不停蹄地赶到波士顿，当着贝雷蒙特的面，把事情的来龙去脉说清楚。

在新泽西，海盗们像奴隶一样四处逃窜，即使逃到沼泽地里、森林里也依然逃脱不了被抓的命运。你和其他商人都不能回到自己的家乡，这真是悲哀。

弗雷德里克·菲利普斯情绪十分激动，但英语水平有限，因此不能亲笔写这封信。应他的要求，我给你写了这封信。我们一起祝愿你好运。

老友&微臣

威廉·宾荷尔

比尔把信重重地摔在地上，然后在船舱里来回踱步。接着，他下令拔起锚头，扬起风帆。由于顺风，我们顺着即将来临的潮水沿着纽约湾往前划行，并到了东河。日落时，我们刚好走到东河

海峡。我们可以看见岸上悠闲散步的情侣，发福的有钱人在打保龄球，玩九柱球的声音也能听得清清楚楚。

比尔放声大笑，声音里带着渴望与无奈，他说：“老猫，就是那里，那就是我梦想的地方。那里有暖春的夜晚，有樱桃树，有发福的富人，有树荫，以及所有游子的期待。但是，我们去不了了，我们要离岸前行。”

在去往桑德的路上，比尔一直忙着给贝雷蒙特写信。我们到加德纳先生的小岛停泊时，他才写完。他把信从头到尾读了两遍，露出满意的神情。

比尔站起来伸了伸懒腰说：“麦克，我已经在信里真实、详细地向贝雷蒙特爵士讲述了事情的经过，这样一切就能水落石出了，还可以终止无聊的谣言。我现在不想狼入虎口，也不想拿着仅剩的几位朋友的自由冒险。只有得到国王的认同，事情才能解决。在圣玛丽，我把自己的生命托付给了库利福德，但他就是一个海盗，哪里值得托付。贝雷蒙特是贵族，也是政治家，或许他能帮上忙。”

比尔招呼了一艘去波士顿的渔船，付给船长一些费用，让他帮忙把信送给贝雷蒙特。然后，他就在船里等着回信。

我们身后总有一些船跟着，比尔回来了的消息传得沸沸扬扬，人们都以为“圣安东尼奥”号船上有数不尽的宝贝。来自纽波特、普罗维登斯、纽约和长岛的商人们蜂拥而来，却失望地发现比尔什么也没有。一些海盗也来了，他们说只是想打听一下他们在圣玛丽的朋友。迈卡·詹金斯终于恢复了神志，确定自己现在活得好好的。比尔找了一艘开往纽波特的船，把他送回了家。

加德纳先生及夫人热情地招待了我们。在他家，我们吃到了三年以来最好吃的饭，这也是体面的市民该吃的饭。比尔从旧制服口袋里掏出一些珍珠送给加德纳夫人，并送给加德纳先生一小块金子做的镇纸。

由于周围有很多海盗和商人，比尔决定把珠宝埋到加德纳的果园里。所以，船上只剩下一些达布隆、比尔的箱子和土耳其地毯。

即使是这点东西，比尔也没能拥有很长时间。一天晚上，一艘纽约大船停在了我们旁边，在众多人中，我看到了基德夫人。她仍旧目露凶光，还把我锁到了柜子里。

基德夫人的声音还和三年前一样难听，讽刺地说：“威廉，看样子你的航海生活很精彩啊！正是因为你，贝雷蒙特夫人冷落了我。那些贵妇再也不愿和基德夫人有任何来往。现在，基德夫人是臭名昭著的叛徒的夫人，也是心狠手辣的海盗的夫人。利文斯顿少校对你非常生气，同样也十分失望。我猜，你连我想要的土耳其地毯都没有拿到吧。”

比尔赶忙说："不，亲爱的，有土耳其地毯，就在那里。"说完，比尔把帆布捆展开，急忙解释："正好是五乘七码，蓝色，质量上乘。"

她不屑地说："很好，你的分成呢？"

比尔苦笑着说："我的分成，就在那一捆帆布里。"

基德夫人不相信地说："那真是个藏宝贝的好地方，你现在可真聪明。现在，把这块地毯给我拿到船上去，把我弟弟塞缪尔叫过来，我要把他带回去。"

"亲爱的，塞缪尔在圣托马斯岛上，那是一个丹麦的小岛。他的药吃完了，他去那里买药。"

她转身离去，嘴里还一直唠叨："可怜的塞缪尔。威廉，你现在必须和利文斯顿少校尽快和好。我在纽约的社会地位不如以前了。"

基德夫人走后，比尔擦了擦脸上的汗，叹息着说："恐怕利文斯顿的预言要成真了，我真的要变成纽约最出名的人了——成了人人喊打的过街老鼠。人生真是难以预料啊！"

贵族的“承诺”

比尔的老朋友邓肯·坎贝尔是波士顿的一名图书销售员，他给比尔带来了回信。比尔读了两遍信，越读越高兴。他拍着坎贝尔的后背一直大笑。这是他这个月以来第一次笑。

他说：“看样子事情已经解决了。贝雷蒙特爵士已经知道了事情的来龙去脉。他说他和国王已经宽恕了我，并以他的荣誉担保，他们会实现诺言。事情水落石出了，没有任何疑点。我想，我以前可能对国王存有偏见。他真是一个坦率、诚实、善良的好人。”

听了比尔的话，坎贝尔有些不认同。他严肃地对比尔说：“威廉，不要相信贵族的鬼话。老朋友，我求你不要对他们掉以轻心。

趁着现在还有机会，赶快逃跑吧。西印度、马达加斯加、新喀里多尼亚，哪里都行。哪怕是宾夕法尼亚州或者卡罗来纳州的荒芜之地，都比波士顿好多了。千万不要去波士顿，一旦去了那里，你就会被逮捕。”

比尔有些不同意地说：“胡说八道，我又没做错什么，也没有像海盗那样为非作歹。我严格执行自己的任务，有什么好害怕的？”

坎贝尔着急地劝他道：“你离开太久了，不知道现在是什么情况。老实说，已经很久没有人受过绞刑了。但是，最近伦敦有很多人被绞死了，这些人甚至不知道自己为什么会死。我是一名商人，得到消息的途径比较多，得到消息的速度也不比贝雷蒙特爵士慢。我给你简要说说发生了什么事。

“国王和辉格党暗中勾结，结果被托利党发现。贝雷蒙特、奥福德、萨摩斯等人，支持你去远征，但只是为了获得自己的利益，他们早就打好了算盘。国王和贵族们一方面支持你远征围剿海盗，一方面又要瓜分肮脏的战利品，这是一个巨大的丑闻。这个丑闻如果公之于众，必然会引起民愤。

“现在，我听说托利党得到了东印度公司的支持，他们声明，此次远征活动的船长，也就是比尔你，打着围剿海盗的旗子，大肆搜刮所有国家的商人。简而言之，你现在就是一个海盗，一个嗜杀成性、无恶不作的海盗。这引起了轩然大波。国王及辉格党把一切责任都推到了你身上！这太令人气愤了！我们必须采取点儿措施！”

坎贝尔说话的时候，比尔仿佛丢了魂一样，坐在那里发呆。坎贝尔继续说道：“那些辉格党人真是可恶至极！他们想让你当替罪羊。他们声称自己唯一的目的就是你的远征能使他们避免各个海域

海盗们的威胁。你收缴的战利品只是附带所得。

“你现在是罪人，也是叛国的叛徒。你背叛了他们的信任，你变成了海盗。这一切全都因为你，所以你要为你的罪行付出代价。在谴责你的浪潮中，辉格党比托利党更积极。如果他们抓住了你，他们一定会让你付出代价——付出生命的代价！

“我的老朋友，你将成为他们斗争的牺牲品。对于国王和贵族而言，你是一种耻辱，所以你必须离开。毫无疑问，比尔，他们肯定会绞死你，这是板上钉钉的事情。”

我们头顶的甲板上传来狄克·贝雷库恩拉小提琴的声音，他用哀号般的声音唱道：

他在加那利流连徘徊

哟，吼，罗伊·奥莫尔……

比尔站起来，使劲摇着头，仿佛刚刚做了一场噩梦。

比尔沉默了一会儿，然后说道：“邓肯，我知道你是一番好意，但是这样太荒谬了，简直不可思议。你看，这是我的委任状，这是我收缴的两本法国护照，我只俘获了两艘船，而且没有暴力和流血事件。没有人死在我的手下，我的船员们也没有杀人。有一个野人杀死了我们的桶匠，最后被处死了。在圣玛丽，我遭到了海盗袭击，因此和他们打了起来。除了这些，绝对没有暴力。这些都是事实，都无可非议。那些诚实的皇家海军船员见证了整件事情，他们能给我做证。”

坎贝尔摇了摇头，苦涩地笑了笑说：“威廉，你高估法官了。你真是幼稚，如果你能拿出证据找到证人，他们也能制造不利于你的假证据。欲加之罪，何患无辞。你所谓的忠诚的目击证人，早就变成了恶棍流氓，他们不会站在你这边的。无论如何，他们都会抓住你，然后把你绞死。

“你可能不知道，库利福德和他的海盗船员，以及那些在圣玛丽离你而去的叛徒，都已经得到了国王的宽恕。但无论宽恕与否，他们还得进纽盖特监狱，并做出选择，要么指证你的海盗行为，要么像海盗一样被绞死。还有一些抛弃你的人，在新泽西向巴斯州长投降，也得到了国王的宽恕。他们已经锒铛入狱，也需要做出选择，要么承认你的恶行，要么被绞死。这些混蛋在生死关头还能考虑事实和真相吗？你想得太天真了！即使你船上那几位船员拼死维护你的利益，那又有什么用？

“威廉，你唯一的希望就是逃跑。我求你了，收起锚头，去任何地方都行。跟着我也行。我能不费吹灰之力地把你带到偏远地区或者边境地区，那里很安全。等这场政治风暴平息了，你再出来也不迟。”

但是，比尔一直摇头。

他说：“我不会那样做。无论面对的是高贵的人还是卑微的人，无论是贵族还是海盗，我都不会逃跑。贝雷蒙特对我许下过诺言，奥福德爵士、罗姆尼爵士、什鲁斯伯里公爵都许诺过会全力支持这次远征。他们和利文斯顿都曾经暗示过我，如果有几次非法截获也不为过。国王亲切地称呼我为伟大的好朋友。邓肯，我仍然信任我的朋友们，我仍然相信英国法律的公正。”

听着他们的争吵，我的困意袭来，于是渐渐进入梦乡。狄克的歌声仍在回荡：

他把尸骨留在圣玛丽，

轻轻地，轻轻地，向我走来。

我醒来时，邓肯·坎贝尔已经离开了，我们也往波士顿驶去。还没到那里，比尔就穿上了最好的衣服。一抛锚靠岸，他就带着文件和国王赐的剑离开了，匆匆地赶着去见贝雷蒙特。

走之前，他欢快地对我说：“麦克，天黑之前我就能回来。到时候，我们就能澄清所有谣言，洗脱所有罪名，重新获得自由。我仍旧是一名诚实的商船船长，我们就能返回纽约，过上舒适安逸的生活了。”

天黑了，比尔没有回来。过了一夜，他依然不见踪影。所有人都非常担心，惴惴不安地等着船长回来。一艘海关船停在我们周围，密切注视着我们的一举一动，这让我们坐立不安。第二天傍晚，一群治安官和法警登上了我们的船，把船上的人召集起来，然后拖到了岸上。狄克·巴雷库恩把我抱在怀里，带着我一起上了岸。

我们被押着穿过了小镇的街道，人们战战兢兢地瞪着我们，骂我们是十恶不赦的犯人。看他们那样子，好像从来没有见过海盗。然而，这里许多令人尊重的商人都和兄弟同盟会及海盗们有过红海贸易，他们都拿着战利品到山姆·赛沃尔造币厂铸成金条。这里的人似乎不知道这些事情。

最后，他们把我们带到了一个肮脏、阴冷的监狱，潮湿的石头透着阴森之气。我们遇到了比尔，他像是得了霍乱、将不久于人世

RL

一样毫无精神。他的衣服又脏又乱，还有明显的撕扯痕迹，满脸的胡楂更显得他颓废。他戴着十六磅重的铁链。我们进来的时候，他并没有看我们。他让我跳到他的膝盖上，为了减轻铁链对他的心理造成的负担，我愿意这么做。

比尔绝望地说："麦克，我的老猫，坎贝尔说的一点儿不假。贵族不值得相信，他们眼中只有利益。我们要去英格兰，去接受海盗的惩罚。"

博泽接着问："你见到贝雷蒙特爵士了吗？"

比尔回答："他命令手下把我抓起来，那时候我看了他一眼。当时，围上来五个人渣，他们抢走了国王赐我的剑，抢走了我的委任状和我缴获的两本法国护照。国王还因为我没有航海日志而生气。航海日志在圣玛丽被叛变的船员抢走了。他说我居然这么马虎，丢掉了航海日志，真是罪该万死。"

其他人则不像比尔那样伤心。对于他们而言，进监狱、戴手铐都不是什么新鲜事。狄克·巴雷库恩甚至还有些高兴。

巴雷库恩说："船长，我一直梦想着自己能去伦敦，看来我的愿望要实现了。"

听了他的话，狱吏哈哈大笑，他轻蔑地说："从处决码头看伦敦，风景恐怕没那么好吧。"

如果可以，我希望自己能忘掉接下来的两年苦闷生活。我忘不掉那段日子，可也不愿细想。

我们在波士顿监狱的阴湿地窖里度过了七个月的牢狱生活，挨过了炎热的夏天，挺过了寒冷的冬天。大多数时候，比尔都在给贝雷蒙特和利文斯顿写信，提醒他们曾经许下的诺言。与其这样，他倒不如省省笔墨。利文斯顿一直忙着算计自己损失了多少利润，贝雷蒙特则忙着搜寻基德掩埋的珠宝。

首先，贝雷蒙特派人到加德纳先生的岛上挖出珠宝箱并带回来，然后他乘坐“圣安东尼奥”号火速赶到蒙娜岛去取“奎达商人”号上的货物，但是他没有找到任何财物。其他的搜寻人员同样一无所获。博尔顿负责看守“奎达商人”号上的货物，得到利文斯顿和贝雷蒙特搜寻宝贝的消息后，他肯定不会分给他们一丝一毫。

整个秋天和冬天，贝雷蒙特的手下在长岛、康涅狄格州和新泽西寻找比尔的战利品，留下满地的洞穴仍然一无所获。他们的努力付出，换来的只是手上的水泡。他们也搜寻了比尔自己的房子和花园，除了地下室的货物，他们什么也没找到。

那是一个寒冷、难熬的冬天。我没有朗姆酒和热牛奶，也吃不上蒸鳕鱼，老鼠骨瘦如柴、毫无营养，只能吃别人的剩饭过日子。比尔没有胃口，因此把饭都留给了我。

大约三月份时，我们被运到纽约。我们坐在四轮马车里，走在大街上，就像马戏团里的动物一样。到了纽约之后，他们把我们关进了“忠告”号护卫舰，和吉勒姆船长、布雷迪什、提·韦瑟利以及他们手下的二十名船员一起。他们全都是海盗。

除了菲利普斯、戴朗斯和宾荷尔，比尔在纽约的朋友不敢来看望我们。这三个人送了一些水果和好吃的食物给比尔和他的船员们。“忠告”号的船长和船员们倒是沾了不少光。

这真是一个漫长、难受又痛苦的旅行。以前做生意时，比尔听说过吉勒姆船长，但是他和手下都是粗俗的海盗，每天只会破口大骂，这让比尔有些受不了。可怜的比尔精神状态一天比一天差。我们到达英国前的一个晚上，他绝望地向看守要刀准备自杀。如果不是我使劲用爪子抓他，他可能就那样结束了自己的生命。

士兵带我们上街游行时，伦敦街头人满为患，他们像瞅美洲原住民一样瞅着我们，我们也知道自己已经“家喻户晓”。大量水兵一直监视着我们的一举一动。博泽说：“你们可以把自己想象成王冠上的珠宝，他们正在充满爱意地看着我们。”可怜的狄克·巴雷库恩没怎么欣赏这个城市，但是依然很兴奋，因为他看到了大量建筑物、拥挤的人群，并闻到了火药的味道。

我们又被送到纽盖特监狱，这对于我们而言是一种解脱。我们和全英国的海盗、小偷、盗墓贼、杀人凶手等犯人关在一起，但是这里条件好一些。

只要能得到纸和墨，比尔就要写信。他把信寄给了所有喷着香水的贵族、伙伴、下议院的法官及他能想起来的可能帮助他的人。虽然他从未收到回信，但是这成了一种消磨时间的好方式。在接下来的一年里，他一直这样打发时间。

纽盖特监狱

在纽盖特监狱对面，有一家咖啡店，老板名叫西蒙·基斯德戴尔，操着一口伦敦腔，声音听起来总像是哭哭啼啼。他还为监狱里的人提供任何想要的东西，并从中谋取利益。除此之外，他还为犯人跑腿，传达信息，写信，卖纸墨笔砚、烟草、糖果、朗姆酒、杜松子酒、肥皂、丝绸、水果、蕾丝、传记等。只要有人出钱买，他就能办到。他还为此编过一段顺口溜："嗨，我能卖给你任何东西，但是除了自由。"我想如果给他足够的金钱，自由也能买到吧。

无论是什么时候有出名的海盗被绞死，基斯德戴尔都会为他创作一首歌谣，自己先唱，然后在人群中渐渐传播。他的声音像我的塔比莎姨妈那样令人讨厌。

政府每周拨给比尔二十先令的零花钱，比尔没有买衣服、肥皂，而是买了纸、笔、墨，还给我买朗姆酒和牛奶，因此一直欠着基斯德戴尔钱。但是，基斯德戴尔并不担心，他认为比尔死后肯定能留下不少钱。

一连几个月就这样平稳地过去了，什么事情也没有发生，可怜的比尔一天比一天萎靡。没有律师愿意为比尔辩护，那些出身高贵的朋友也没有任何消息，贝雷蒙特和利文斯顿一封信也没有回。我们能得到的唯一消息就是基斯德戴尔带来的街边传闻。

我们听说，政府正忙着召集目击证人，教他们如何提供不利于比尔的证据。这些人以酒鬼布雷登汉姆为首。在我们的航程中，布雷登汉姆几乎睡了一路，什么也没看见，政府却最想要这种人做证。布雷登汉姆很会编故事，愿意对着自己的谎言发誓，他就是一只码头老鼠。除了他以外，其他人全都是叛军、逃兵、海盗，他们都不是什么好东西。政府威胁他们，如果不做伪证，就会被关进监狱。

在纽盖特关押的第二年三月，一群法警和看守人突然出现在监狱，在毫无征兆的情况下硬生生地拖着比尔去受审。我当然想陪着比尔一起去，但是其中一个人不让我去。我非常不满，于是发疯一般地抓他们，直到每个人都出血了才停止。

那天晚上，他们把比尔带回来了。比尔好像被拖着走了很久，因此十分憔悴。我跳到他的腿上，他发狂一般地大笑，然后说：

“你不害怕吗，麦克？我是臭名昭著、无恶不作的基德船长，你躺在我身上不害怕吗？老猫啊，我现在就是一个杀人凶手，所有官员都这么认为。我的陪审团宣布了我的罪行。他们说我曾经用一个箍着铁链的木桶谋杀了我的炮手威廉·摩尔。

“那个烂醉如泥的兽医布雷登汉姆居然对着《圣经》发誓，说我确实谋杀了摩尔。真是畜生！你也知道，摩尔不是因为我扔的木桶死的，而是因为霍乱和疟疾才死的。其他船员都随声应和，表示认同。我根本不理睬，当堂蔑视这个证据。”

一会儿，年轻的狄克·巴雷库恩被带了回来，一副抽抽搭搭、无精打采的样子。

他说：“对不起，船长，我拼尽全力告诉他们事实，但是法官根本不听。”

比尔拍了拍他的肩膀说：“没关系，小伙子。你就是天使长加百利，虽然想要伸张正义，但是没有机会。但是，感谢你站在我这一边。”

比尔挠着我的下巴继续说着，既像是对着我说，又像是对着自己说：“邓肯·坎贝尔预测得太准了，每一个细节都是那样准确！麦克，我至少不用再焦急、无聊地等待了。我想，下一次审判就会判我海盗罪。”

五月份开始了第二次审判。就像第一次审判一样，这一次来得同样很突然，比尔没有丝毫准备。比尔和仅剩的几位忠实的朋友被粗鲁地带到老贝利法庭受审。

这一次，比尔被判了六项海盗罪。晚上回来时，比尔不像第一次那样萎靡，反而显得更精神。比尔意识到自己已经无力回天，一切已经被安排好了，在毫无希望的情况下只能坦然接受。回来之后，他很高兴，把我放在腿上，给我讲受审的过程。

比尔笑着说：“麦克，现在律师已经开始犯难了。我犯了一项谋杀罪、六项海盗罪，得绞死七次，这该怎么实现呢？我不清楚他们会怎样安排，但是肯定会把我绞死。

“第二次受审和第一次差不多，只是时间更长，谎言更多。我大胆地告诉他们，在今天的老贝利法庭，我们正在触犯第九诫[21]。

“好笑的是，有三名诚实的、令人尊敬的海军军官出庭证明我是一个有勇气的人，过去在与法国的战斗中表现得很积极。但是，法官根本不认同他们的证词。那些戴着假发的狗腿子说那是很久之前的事了，与现在的案件无关。

“麦克，你应该还记得那个想要三十名船员的畜生，我把他给耍了。就是那个人说我是一个目中无人的酒鬼，是十足的海盗。他说本来想直接逮捕我，但是我趁着夜色逃跑了。

“约翰娜港口上那五名东印度公司的人也出来做证。你还记得那个自大狂吗？他站在政府一边。按照他编造的故事，我们公然抢劫了两艘他的船只，却无力抢劫突然出现的另外三只船。经过激烈的战斗，我们战败而逃。麦克，我们击落了他们的船首雕像，让他们溃不成军，他们居然编出这样的谎话，真是让人哭笑不得。

“我想从麦加船队的一名商人那里买一条土耳其地毯，这件事也被无限放大。我成了袭击他们的海盗，但是被对方打得落花流水，护卫舰上的船员英勇无比。

“荒谬的假话还不止这些。两名葡萄牙商人出来做证，那些愚笨的船员抢劫了一些货物和蜂蜡，还获得了很多战利品，并残忍地折磨他们的船员。为了给桶匠报仇，达尔比·马林斯杀死那个原住民凶手。他们居然说我下命令屠杀了整个部落。我踏着他们的鲜血前行。那些最坏的海盗，像吉勒姆、伯吉斯、艾弗里、爱尔兰德都起诉我。在圣玛丽，我曾经拥抱了库利福德，承诺了对他及其船员的永恒友谊。我还把小舅子残忍地抛弃在荒无人烟的西印度群岛。

“在圣玛丽，离我而去投奔库利福德的那些人是因为忍受不了我惨无人道的虐待，还因为我想让他们变成海盗监禁一生。他们说，我毁掉了自己的航海日志，就是想毁掉自己的犯罪证据。在西印度群岛、卡罗来纳州、宾夕法尼亚州、新泽西、长岛和罗得岛州，我埋藏了无数件沾着鲜血的战利品。

“皇家海军那几位忠诚的船员提供的证据，他们根本不听；布雷登汉姆等人渣编造的证据，他们却听得津津有味。可怜的达尔比·马林斯，他为我辩护了几句，居然为此付出了生命的代价。布雷登汉姆和其他流氓，居然因为对皇室有功而得到了宽恕。那些曾经支持我远征的贵族，法庭上根本没有被提到。

“所以啊，我的老猫，我就是一个罪不容诛、杀人如麻的大坏蛋，还是叛徒、海盗和杀人凶手。只有你一直陪伴着我，你怎么能忍受得了我呢？”

我无能为力，只能轻轻挠他的膝盖，然后发出呼噜声，想让他放心。

几天之后的一个夜晚，基斯德戴尔匆匆跑来，伤痕累累的脸上堆满笑容。他先给比尔鞠躬，然后说：“船长，审判结果已经出来了，绞刑使就要来了，你就要上绞刑架了。船长，我细心地为你考虑了一番，觉得你应该需要一件优雅的新衬衣、一些干净的带花边的丝绸上衣。你得体体面面地去受刑。”

比尔笑着回答：“你想得真周到，我确实需要这些东西。但是，我太穷了，现在还欠你很多钱。我没钱买。”

基斯德戴尔不怀好意地看着我的红宝石，就像基德夫人看我的眼神一样。他说：“猫耳朵上的红宝石应该值一些钱，可以换很多

东西。我愿意拿一身体面的衣服、一瓶香水和一双新皮鞋跟你换这块宝石，之前欠我的钱也一笔勾销，我还能为你理头发、推胡须。你觉得怎么样，船长？”

比尔说：“这块宝石至少值五十英镑，你可真会做买卖，这笔交易真能赚大发了。但是，乞丐和杀人犯不能挑肥拣瘦，咱们商量商量吧。”

他们到一边去讨价还价，却忽略了红宝石是我的。但是，把宝石给比尔，我一点儿也不会心疼。如果让我自己一直待在伦敦，我宁愿把宝石摘下来，免得日后受苦。总有海盗会把它摘下来，说不定还会扯掉我半个耳朵。

比尔和基斯德戴尔挪到角落里秘密地谈话。我觉得他们是在说我，但是声音太小我听不见。

终于，他们商谈完了，两人握了握手。比尔把水龙头上方的一壶啤酒递给基斯德戴尔，并记在了红宝石的账上。基斯德戴尔喝完之后对比尔说：“船长，我又为你作了一首新歌。我在歌里描述了你的事业，希望能得到你的赞赏。”还没等比尔回答愿不愿意听，他就开始摇头晃脑地唱了起来：

哦，我是基德船长，

千真万确，千真万确。

我的名字叫基德船长，
我很邪恶，
违背了上帝的旨意，
千真万确。

哦，我谋杀了威廉·摩尔，
千真万确，千真万确。
我谋杀了威廉·摩尔，
看着他血流成河，
就在岸边不远处，
千真万确。

比尔说：“基斯德戴尔，这首歌不如你的其他歌曲。旋律还可以，但是歌词扭曲了事实。你相信法庭的陈罪，给我妄加罪名。”

基斯德戴尔充满希望地说：“我还有更多版本。”

比尔说："不麻烦你为我们费心了，把这些歌留给你的后代吧。"

比尔继续写信，但是对得到援助已经不抱希望。一天晚上，基斯德戴尔带了一小箱衣服和一个理发师来。比尔洗完淋浴、刮完胡子之后，又剪了头发，穿上新制服。这一身干净利落的打扮，才像以前的比尔。基斯德戴尔在旁边忙来忙去，帮他打点丝带和蕾丝，像给皇室成员服务一样细心。

他说："船长，我们的服务都是第一流的，产品也都是高质量的新产品。船长，明天你可以得体地上绞刑架了。现在，我们来商讨一下我们的交易……"

我还没来得及伸出爪子，就突然被毯子卷了起来。他们把我放进了一个箱子里，然后上了锁。等我弄清楚是怎么回事时，我已经在箱子里了。我看见箱子有一端是敞开的，但是这一面有铁栏杆，上面缠着铁链子。我用爪子使劲抓箱子，试了几次之后发现，这个箱子十分坚固。所以，我镇定下来，开始为自己的粗心大意懊悔。比尔一直和基斯德戴尔说着话。

他说："基斯德戴尔，你要遵守诺言，把我的老猫放到开往纽约的船上。戴朗斯的船或者菲利普斯的船都可以。他们都认识麦克，肯定愿意带他去纽约，也能给他找个好人家。如果你把他扔在这里，我肯定不会安心，变成鬼也要来找你。取耳环之前，你要做好充分的检查，确保不会伤害他。"

基斯德戴尔搓着手，满意地回答："是的，船长，请相信我。我肯定会像照顾我爸爸那样照顾他。"

比尔从铁栏杆外把手伸进来，他想挠我的下巴，但是我却气愤地咬了他。

他吮了吮被咬的手指，然后说："老猫，我们得分手了。樱桃树应该开花了。充分享受这一切吧，替我也享受一下。"

他把箱子迅速递给基斯德戴尔，然后快速拿起新手绢捂住脸。我听见他大声地擤着鼻涕，我猜他一定哭得很伤心。

樱桃树开花了

这是一个温暖的六月的晚上，基斯德戴尔抱着我走在伦敦的街道上，回到他的店里。空气中既有夏天的味道，也有冬天的味道。两种味道混合在一起，变得越来越强烈。

在咖啡店后面一间阴暗的小屋里，有一个脸色苍白的小学徒正在做标牌。基斯德戴尔把笼子放下，然后到街边的一间有些歪斜的小帐篷里忙去了。小帐篷前面挂着帆布，周围还有黑色的窗帘，帆布上画着海盗和骷髅头。在帆布上方写着几个华丽的大字：

基德船长遗物博物馆

基斯德戴尔举办

入场券六便士一张

帐篷里面的木板上，摆放着基德船长的东西。基斯德戴尔用一瓶杜松子酒从纽盖特监狱的土耳其人手中换来了国王赠给基德的剑。那里还陈列着生锈的手枪和一把短剑。这把短剑已经被仔仔细细涂成了红色。木板上还有一绺头发，我猜这是基斯德戴尔自己的头发。比尔那件黑玉扣子掉了一半的马甲也在这里，还有一个破旧的木桶。

当然，我是最主要的展品。基斯德戴尔把我的笼子放在木板正中央，往后退了退，看了看整体效果，十分满意地连连点头。他对学徒说：“尔伯特，给这只猫做一个标牌。标语就写‘基德船长凶残的吃人猫’，然后在另一则标语中写‘危险！请勿靠近’。”

我已经筋疲力尽，因此趴在那里睡觉。

尔伯特说：“这只猫看上去一点儿也不凶残啊。”

基斯德戴尔邪恶地笑着说：“这只猫很凶残，他会吃人。”他拿着一根尖尖的电线伸进笼子里，用力戳我。我一下子跳起来，用爪子使劲抓笼子。

基斯德戴尔说：“尔伯特，看吧，他发疯了。我把这根电线给你，他没精神时你就戳他。”

尔伯特又问：“他的耳朵上真的有一颗红宝石吗？”

基斯德戴尔回答道：“当然了，值五十英镑呢。他现在就像是银行，有五十英镑的本钱，挣的钱会越来越多。所以，我得让他当展览品，然后……”说完，他眨了眨眼睛，手指放在喉咙前，做了一个很有暗示性的动作。尔伯特看完，忍不住偷偷笑了起来。

那一晚，我几乎没怎么睡觉。尔伯特躺在角落里的麻袋堆上睡着了，呼噜声一直响如巨雷。这里处处散发着臭味，比纽盖特监狱臭多了，而且这里没有玫瑰园。

太阳刚升起来，基斯德戴尔就开始忙生意。他站在人行道上，用自己创作的歌谣招揽生意。虽然时间还早，街上却已经熙熙攘攘，很多人步履匆匆地赶往位于沃平的处决码头。这一整天，基斯德戴尔一边唱自己的市井歌谣，一边招呼顾客买门票进来参观，忙得不可开交。

他不停地喊：“停一停，看一看，这里是基德船长遗物博物馆，展出的是杀人放血船长的遗物。这把剑砍下了莫卧儿皇帝女儿的头。这里还有染着鲜血的短剑，基德曾用这把短剑杀死了七位无辜可爱的女仆。

哦，我的名字叫基德船长，

千真万确，千真万确。

“一切属实，一切属实。我以性命和四肢担保。进来看看他的犯罪同伙吧，这是一只凶残无比、吃人喝血的猫。他耳朵上有一块红宝石，这块红宝石是从莫卧儿公主那里抢来的。光这块石头，就得值成千上万两银子。”尔伯特一边用电线戳我，一边耸人听闻地说：“这只猫吃生肉，喝朗姆酒，还喝人血。所以，大家离笼子远一点儿。”

“去处决码头之前，先看看这些东西吧！看看基德船长杀死炮手用的木桶。”

哦，我谋杀了威廉·摩尔，

千真万确，千真万确。

整个上午，基斯德戴尔一直忙着招揽顾客。傍晚时分，街上的人渐渐少了。他们全都赶到沃平去看基德接受绞刑，处决码头人山人海。这件事情想一想就让人觉得毛骨悚然，但是我终于有了喘息的机会。尔伯特跑到印刷店里印歌词，基斯德戴尔连喝了四杯麦芽酒，他的嗓子已经唱得冒烟了。我则利用这难得的时间小憩了一会儿。

天刚刚黑下来的时候，大部分的人都回来了，他们大多喝得酩酊大醉，还有不少人发生了口角和打斗。基斯德戴尔不是唯一的歌谣创作者，有很多人都干这一行，因此出现了很多不同版本的歌谣。其中最流行的一个版本是《基德船长的罪行、忏悔与死亡》。这些假正经的胡话是保罗·洛林写的，他是纽盖特监狱的牧师，他的作品也很畅销。但是，即使再畅销，也比不上基斯德戴尔。基斯德戴尔边卖歌词边开展览，这阵势无人能比。

到了半夜，街上传来酒鬼们打斗、吵架的声音，基斯德戴尔担心自己的货摊被抢，于是把所有东西和帐篷都搬进了咖啡店。现在正是这个地方酒鬼们最活跃的时间。这些人的行为让我想起了在圣玛丽，海盗们狂欢的那个夜晚。尔伯特倒在麻袋堆上，基斯德戴尔继续喝麦芽酒，我终于能睡觉了。

第二天早晨，基斯德戴尔扔给我一块臭肉。即使是马达加斯加的鳄鱼对这块肉也不会产生兴趣，更何况是我。随后，我们又开始了表演。

在接下来的两周里，我们在伦敦的各个地方表演。每天，尔伯特都用车子推着展览品到新的展览地点。一开始，我们的生意很兴隆，但是基德船长的故事渐渐降温之后，人们对我们的展览也不再感兴趣，我们赚的钱越来越少。现在，我已经饿得半死，见东西就会乱咬，因此他们不用再拿电线戳我了。

一天晚上，基斯德戴尔提出了一个想法，这让我兴奋得久久不能入眠。他说："尔伯特，我们应该去美国展览，尤其是纽约。基德是纽约人，我们去那里肯定能赚一笔。你和我的夫人留在这里看店，我去纽约。"

我从来没听说过基斯德戴尔还有夫人，但是我也不关心这个问题。我觉得基斯德戴尔除了去纽约赚钱以外，还有其他目的。只要能离开这里，他干什么都行。我恨透了伦敦，这个地方比圣玛丽还可恶。

两天以后，基斯德戴尔和尔伯特把所有物品收拾到小推车上，然后把我的笼子放在最上面。我还没完全准备好时，他们就往码头赶路了。我们登上了一艘去纽约的轮船。我立刻认了出来，这艘船是"岛屿交易"号。这艘船的船长麦克富森是戴朗斯的好朋友。

船上有很多乘客。经过蒂尔博里港时，乘客们都趴在栏杆上观看码头上用铁链子捆绑着的海盗尸体。比尔就在那里，我心里十分难过，因此没有看。我注意到，船长和大多数船员对此根本不屑一顾。

基斯德戴尔嗅到了商业气息，于是他开始在甲板上摆摊做生意。麦克富森船长对此大发雷霆。

船长厉声呵斥他道："混球，把你这些垃圾收起来！基德船长是我的好朋友，也是一位善良的苏格兰人，你有什么资格在我的船上侮辱他！"过了一会儿，基斯德戴尔就产生了严重的晕船反应，根本没法展览，也不能卖歌词。

曾经跟着图船长的一名老船员认出了我，船长命令把我带到他的船舱。他没有把我从笼子里放出来，但是我吃到了最美味的食物。除了美味的食物，我还能享受清新的海风、安静的环境，这真是太好了。我狼吞虎咽地吃着食物，觉得自己又变成了从前的自己，从前那个随船航海的自己。不久，我们抵达了纽约，我的噩梦又开始了。

“岛屿交易”号是一艘快速、干净的船，整个旅途令人愉快。我们停在了东河港口，我感到很伤心。下船之后，基斯德戴尔会逐渐好转，他会用电线一直折磨我。

五年不见，纽约发生了很大变化。更多的高楼拔地而起，更多笔直的街道伸向远方，港口上的船只也比之前多了很多。基斯德戴尔没有太多感想，他是一个伦敦佬，觉得自己很有优越感。

基斯德戴尔在港口雇了一名小贩，让他带我们去最好的旅店。这个小贩带着我们沿着海滨一直走，最后到了东河岸边一家崭新、舒适的旅店。

这真是一个讨人喜欢的地方，门前的花开得正旺，窗玻璃一尘不染，贝壳铺的小路别有一番趣味。这里的一切都井井有条，就像军人的住所一样。门牌上居然写着“船长休息室”，这个地方也叫这个名字，我觉得有些奇怪。

基斯德戴尔把东西放在了门阶旁，走进这家旅店，然后把锁着我的笼子放在了桌子上。角落里一位胡子斑白的老人正在认真地擦拭着白蜡杯。基斯德戴尔像贵族一样用拐杖戳了戳地，然后说：“伙计，帮个忙，叫一下你们老板。”

老人放下抹布，抬起头看了看。突然，他看见了我，就像一只被捉的鹦鹉一样发出不可思议的尖叫声。

他喊着：“麦克！麦克·德莫特！幸运的麦克！图船长死了，基德船长死了，但是迈卡活着，麦克也活着！幸运的麦克！”

他从角落里蹦着跑过来，迅速打开了笼子。

基斯德戴尔大喊："不许动笼子！"但是，迈卡的动作比他的嘴快。从笼子里出来后，我知道自己要干什么，我已经盘算很久了。我跳到基斯德戴尔的肩胛骨上，右爪深深扎进他的脖子里，左爪则拼命抓他的左耳。我尽情发泄着自己的愤怒，这时又传来了一个熟悉的声音。原来是莫克，她大声喊着我的名字。

莫克边喊我的名字边拿着拖地的湿拖布向基斯德戴尔发起了进攻。

迈卡·詹金斯接着喊："让一让！"然后举起关押我的笼子，朝着基斯德戴尔的胫骨砸过去。这些还不够，可可左手拿着滚烫的涂油勺，右手提着切肉刀冲了过来。

我们展开了粗暴的战争，我一直死死地抓咬我们的敌人，差一点儿就把他的右耳咬下来。莫克担心我会被误伤，因此把我抱了出来。他们把基斯德戴尔的东西都扔进了臭水沟，当然这个人渣也不例外。迈卡看到了国王送给基德的剑，于是把它收藏了起来。

基斯德戴尔回过神来之后，一直声嘶力竭地吼叫着，召唤巡逻人员过来帮忙。莫克和可可人缘很好，也受人尊重，巡逻人员经常在冬夜到"船长休息室"吃夜宵。因此，没有人搭理基斯德戴尔。

事情平息下来以后，莫克把我放在窗户前的红垫子上。我晒着太阳，喝着热牛奶混朗姆酒，别提有多舒服了。可可正在准备招待市参议员，做了很多肉、肝脏、鸡肉和鱼。我也饱饱地吃了一顿，然后就睡着了。

如果不是跟着基斯德戴尔到纽约，我就不能到这里安度晚年。我记得可可曾经说过，图船长不用他们之后他就买下一家旅店，但是没想到他能在纽约置办下这么大的家业。我猜，他的"卖妻钱"

RL

是个不小的数目，要不肯定买不下这样气派的旅店。

“船长休息室”真是一家高档的旅店，绝非是一般船员胡吃海喝的地方。图船长和基德船长的好朋友们，无论是商人、律师还是银行家，都经常光顾这里。许多船长也是常客，他们都喜欢可可做饭的手艺和这里整洁的环境。如果我愿意，我会坐在宾荷尔、巴亚德、菲利普斯或者戴朗斯的腿上，他们觉得这是莫大的荣幸。其他船长也盼望着有一天能抱着我，挠一挠我的下巴，欣赏一番我的红宝石耳环。

我在这里舒适地享受了好几个月。有一天，我晒太阳的时候看见迈卡·詹金斯在花丛里闲逛。一个个子高高、身材消瘦的小伙子从码头赶了过来，他的肩膀上扛着一个小包，腋下夹着一把小提琴。我想起来了，他就是年轻的狄克·巴雷库恩，他本应该和比尔、达尔比·马林斯以及其他船员一起被铁链子吊在绞刑架上的。

他看到我和迈卡之后，举起手来大喊大叫。当初如果不是狄克，我早就流浪在伦敦街头了。由于他仅仅是一名学徒，所以生死关头他得到了宽恕。现在，他回来了，正在找工作。

迈卡把一切都告诉了莫克和可可，狄克留了下来，很快适应了现在的生活。他是一个动作麻利又安静的服务员，在厨房和酒吧都能帮上忙。他的小提琴和歌声也渐渐变得家喻户晓。我觉得自己的耳朵可能出现了问题，总觉得他比以前唱得好了。

在秋高气爽的秋夜，或者樱桃树开花的春天，总会有船长到旅店来招待他的朋友们。国王赐的剑在壁炉架上熠熠发光，莫克和狄克在桌旁静候，迈卡·詹金斯忙着倒酒。我最清闲，蜷缩在酒吧里静静地观看。每当可可从厨房看到自己的饭菜得到了赞许时，他的脸都会变得闪闪发亮。

酒足饭饱、相聊甚欢之后，他们会叫狄克出来唱歌。狄克轻轻抚弄着小提琴，唱着悲伤的歌曲。常点的歌曲有《绿袖子》《纸醉金迷》《兰德尔王》等。在他的歌声中，烛光渐渐熄灭，港口渐渐昏暗，狄克依旧轻吟浅唱：

他把自己的最爱留在了哈瓦那，
哟，吼，罗伊·奥莫尔。
他在约翰娜失去了一条腿，
轻轻地，哟，向我走来。

每当这时，菲利普斯、宾荷尔、巴亚德都会站起来共同举杯，祝酒道：“为我们共同的朋友威廉·基德致敬；他是一位令人尊重的商人，是一位认真负责的船长，也是一位风度翩翩的绅士；我们永远相信他！”

他在加那利流连徘徊，
哟，吼，罗伊·奥莫尔，
他把尸骨留在了圣玛丽，
轻轻地，轻轻地，向我走来。

注释

1. 比尔·基德：即后面的威廉·基德，比尔是其昵称。从全文来看，老猫麦克讲述的应该是1695年以后基德的经历。

2. 纽波特：位于美国罗得岛州。

3. 普罗维登斯：位于美国罗得岛州。

4. 伯吉斯之所以这么气愤，是因为长久以来英国皇室表面上虽然反对海盗活动，但实则却颁发给海盗私掠许可证，允许他们跟踪、拦截和掠夺敌国船只，并让其将掠夺过来的财富按照事先的约定上缴，所以海盗的私掠行为是合法的，而且英国皇室和贵族们也从中谋取了不少利益。这导致海盗与商人的界限十分模糊，但也正是这些海盗使当时英国的殖民地不断得到扩张。

5. 卡塔赫纳：位于哥伦比亚北部。

6. 畿尼：一种英国旧制货币，1畿尼为1.05英镑或21先令。

7. 英、法两国在印度和美洲殖民地及贸易方面的竞争从17世纪初开始几乎持续了一个世纪。在这个过程中，1688年爆发了威廉王之战，基德应征入伍，并为英国赢得了数场对法战争的胜利。

8. 据《圣经》记载，耶稣受难日那天正好是星期五，所以许多西方人认为星期五不吉利。

9. 哈勒姆：位于荷兰的一个小镇。

10. 达布隆：一种价值连城的古币。

11. 巴巴多斯：位于东加勒比海地区，17世纪属于英国殖民地，现在属于英联邦成员国。

12. 1里格约为3海里。

13. 1法新价值1/4便士，1英镑价值240便士。

14. 东印度公司：这里指英国东印度公司。该公司是一家受英国皇室独家特许，与东方开展贸易往来的私营公司，有时也被称为约翰公司。

15. 莫卧儿：即莫卧儿帝国，是突厥化的蒙古人帖木儿的后裔巴布尔在印度建立的封建专制王朝。全盛时期的莫卧儿帝国领土几乎囊括整个南亚次大陆以及阿富汗等地。17世纪后期，莫卧儿帝国逐渐衰落，英国趁机夺取了大量殖民地，莫卧儿皇帝沦为英国人的傀儡。

16. 辉格党：17世纪末期到19世纪中叶，辉格党是英国两大政党之一。该党成员倾向于支持变革，并倾向于限制国王权力。

17. 托利党：英国另一个政党，抵制变革，在成立之初的几个世纪里，支持国王的特权。

18. 1英寻约为2.54厘米。

19. 1磅约为0.45千克。

20. 1英里约为1.61千米。

21. 第九诫：指《圣经》记载的十诫中的第九条，即“不可作假见证陷害人”。